ベリーズ文庫

エリート外科医は最愛妻に独占欲を刻みつける

砂原雑音

STARTS
スターツ出版株式会社

目次

エリート外科医は最愛妻に独占欲を刻みつける

宵の明星……6
初恋が消える夜……40
後朝の後悔と断捨離……75
暫定恋人……95
思わぬ知らせ……126
あなたと恋がしたかった……148
恋心の火種……179
彼女が知らなくていい話……202
幸せになる方法……218
未練……240
愛が叶う時……282

特別書き下ろし番外編

今夜、君は俺の腕の中 …… 294
今夜、私はあなたの腕の中 …… 299

あとがき …… 304

エリート外科医は最愛妻に独占欲を刻みつける

したたかに、酔っている。

吐息に香るアルコール。唇が重なり、舌が口内に入り込んだ。唾液を混ぜ合わせると、なぜだかそれが甘く舌の根に残る。目を閉じているのに、くらくらと脳が揺れるような、めまいを感じていた。

身体が密着して、途方もなく熱い。

少しも離れたくないと言われているようで、泣きたいほどに心が満たされる。キスがそれて、私を抱く彼の唇が耳に触れ、吐息が耳孔に響いた。

そのまま、目を閉じて浸っていれば、泣かずに済んだのに。

「……後藤《ごとう》さん」

その声に、ハッと目を開く。息も止まった。だって、声の主が、この状況ではありえない人だったから。いや、ちゃんと、私はわかっていたはず。わかっていて、ここへ来て。酔いに任せて現実から逃げただけ。

じんと目の奥が熱くなる。耳元から彼の唇が離れ顔が離れ、真上から見下ろされる。

はっきりと目の前のその人を認識した途端、涙腺が壊れてしまったようにぶわりと涙があふれ出た。

「ふっ……うっ……」

唇からは嗚咽《おえつ》が漏れる。彼はそんな私を咎《とが》めることなく、優しい手で私の額にかかる髪をかき上げた。

「いくらでも、泣いていい」

目尻の涙は、唇で拭われる。瞼《まぶた》を再び閉じた私だったが、とんとんと指で軽く叩《たた》かれて開いてしまう。

「だけど、誰に抱かれているかは、間違えないでくれ」

優しいくせに、現実を突きつける。

どうして。

悲しいのにどうして、こんなにも温かいのだろう。

温もりをくれるはずだった人よりもずっと、熱くて、切ない。

＊　＊　＊

私、後藤雅《みやび》が働いていた会社が昨年倒産した。

大学を出てから二年勤めた会社で、総務課に勤務していた私はとくに残業もなく土日祝日はきっちり休める。不景気のこの世の中で、どこかのんびりとした会社だなあと思っていた。そんな私も、のんびり……いや、呑気《のんき》だったんだろう。そこそこ大きな企業だったので安心しきっていたというのもある。

特筆すべき点はなにもないしがない事務員に、再就職は厳しかった。それでも、登録した派遣会社に割と評判のよい会社を紹介してもらえたのは、無遅刻無欠勤でひたすら真面目に勤めた前職が多少評価されたと思っていいのだろうか。

食品会社に派遣され、前職と同じ事務職に就けたのは、幸運だった。

「後藤さんお疲れ様っ！」

会社を出て、すぐにぽんっと肩を叩かれる。振り向くと、同じ事務――といっても彼女は正社員だけれど――の稲盛《いなもり》さんがいた。

「お疲れ様です」

「急いでたみたいだけどデート？」

ずばりと指摘されて、ぽっと顔が熱くなる。

「ええ、まあ。あ、でも別に急いでるわけじゃないんですけど。まだちょっと時間あるので、どこかで時間をつぶそうかなって」

「あ、じゃあ駅まで一緒に行ってもいい？」

「もちろんです」

横に並んで駅まで歩き始める。

今夜はデートだけれど、向こうは歓迎会があり会うのはその後になる、ということだった。そんな日にわざわざ呼ばなくても……と人は言うだろうけど、この頃会えていない寂しさからOKしてしまった。忙しい彼と会おうとすると、めずらしくないことだからだ。

「彼氏と長いって言ってたよねー」

「ですね。家庭教師をしてくれていて、それからの付き合いで……あ、ちゃんとお付き合いしたのは受験に合格してしばらくしてからですけど」

彼、伊東直樹《いとうなおき》は医大生の頃、学費を稼ぐのに家庭教師のバイトをしていた。私はその時の生徒だ。正確には、受験合格時に告白して保留にされ、時々会ってお茶するお友達期間を経て、二十歳の誕生日に受け入れてもらえた。それからなので、今年の誕生日がくれば六年のお付き合いになる。

……充分長いか。

「いやー、家庭教師の男の子とって、なんかすごい青春ね。私が学生の時なんてそういうの全然なかったわ。まあ、後藤さんかわいいもんね、モテそう」

「ええっ、そんなわけは……」

慌てて首を振る。だってモテたためしはまったくないのだ。

顔立ちは至って普通で、可もなく不可もなくといったところ。髪はせめて女らしく見られたくて、背中の中ほどまで伸ばしている。けれどどちらかというと不器用の部類に入る私は上手にまとめ髪ができず、仕事の日は後ろでひとつに結んだだけだ。あまりお洒落《しゃれ》とは言えない。

「かわいいわよ！　ちょっと童顔で」

「それは気にしてるので言わないでください」

「あらごめん。羨ましいくらいなのに」

恥ずかしくなって笑ってごまかそうとしたが、彼女は私と彼の話題から逃がしてくれなかった。

「結婚するの？　そこまで長く付き合えるって、もうそういうことよね。いいなー、私なんて続いても二年が最長で」

結婚、の言葉がちくりと胸を刺してくる。うまく躱す言葉も出なくて、やっぱり笑ってごまかした。

今まで『結婚』という言葉が私たちの間で出たことはない。もちろん、私はいつか結婚したいと思って付き合っている。

彼は私より五つ年上で、ちょっと離れているせいか最初はとても甘やかしてもらえた。医大の友人にも彼女として紹介してくれたし、病院勤務になってからは忙しくて会う機会も減ったけれど、時間をちゃんと作ってくれた。

院内である歓送迎会や飲み会がある時は、早めに切り上げるためにわざと私を呼んで迎えに来させたりして、私の存在を周囲が認知するようにしてくれた。おかげで看護師の友人もできて、彼女とはたまにふたりで遊びに出かけたりする。彼の人間関係の中にちゃんと私がいるのだと感じられて、とても安心できた。

でも、この頃は本当に忙しそうだ。メッセージも心なしか減った気がする。年度替わりはどこも忙しいものだから仕方ないのだけど。

今日のデートの約束は、実に一カ月ぶりだった。

駅で稲盛さんと別れて、電車で病院の近くまで来て小さなカフェに入った。病院近くの居酒屋で歓迎会をしている、ということだったからこうすれば早めに会えると思ったのだ。

多分、飲み足りないって言ってバーに行きたがる。軽食くらいしかないだろうから、しっかり食べておこうかな。

カフェで食事をしながら、そわそわと時間が過ぎるのを待つ。

てっきり、今夜も早めに切り上げて連絡をくれると思っていた。

「まだかなー……」

長居しすぎて居づらくなり、カフェを出た。もう一度どこかに入ろうか迷いつつ駅の方へ向かう。

「遅くなるなら、返信くらいくれてもいいのに」

【駅の近くで待ってます】と、メッセージは送っておいたのだが、既読が付いただけだ。改札付近は、誰かを待っている様子の人が柱や壁を背に立っている。ちょっと距離を取って、私も通りが見えるあたりでしばらく立って待つことにした。

ざわざわと過ぎる人並みをぼーっと見つめて、ほんの少しの肌寒さに身を竦める。

春から初夏に向かう頃だが、夜はまだ風が吹くとひんやりとした。ピンクベージュの春物コートの襟を寄せてキュッと掴《つか》んだ時、道の向こうに知った顔を見た。

「あ」

うれしくなって、つい顔が綻ぶ。直樹さんではないけれど、同じ病院のお医者さんで、彼の後輩だ。確か、二学年下だと言っていたから、今は二十八歳だろうか。

彼も私を見て、すぐにわかったらしい。真っすぐにこちらに向かってくる。

「こんばんは、高野《たかの》先生」

彼も直樹さんと同じ外科だから、きっと一緒の飲み会だったのだろうと察する。だとしたら、彼ももうすぐ連絡をくれるだろうか。

高野先生と直樹さんは、大学も同じだ。だから共通の交友関係が多くて、連れられて行った集まりで何度も会っている。

直樹さんと正式に付き合い始めてからだから、結構昔からの知り合いになるのだが、親しく話したことはほとんどなかった。なにせ、あまりしゃべらない人なのだ。表情の変化も少ない。ただ直樹さんや他の人と話す時はもう少し明るい。彼からすれば、病院関係者ばかりの中で私はやはり部外者だからなのだろう。事実その通りなので、仕方のないことだけれど。

だから、軽く挨拶だけして通り過ぎていくのだと思ったのに、予想は外れた。私の近くで立ち止まり、話しかけられたのだ。

「後藤さん、伊東先生待ち？」

「はい。もうお開きになりましたか？」

しかも、少し砕けた口調だったので、私の方が妙に緊張してしまう。

「いや、俺は、少し早めに出てきた」

「あ、そうなんですか」

じゃあ、もうしばらくかかるのかな？

それとも、高野先生が出てきたのに便乗して、直樹さんも早めに抜けてくるかも？

期待に、ちょっと口元が緩んだ。けれど、高野先生の表情はいつものように固く、その上会話も止まってしまったのになぜか立ち去らないままだ。腕時計を見て時間を確認し、軽く眉間にシワを寄せている。

「あの……えっと……じゃあ、もうすぐお開きの雰囲気でしたか？　さすがにちょっと、待ちくたびれてしまって」

なんとなく居心地の悪さを感じて、無理やり会話を繋げた感じだ。

いったいどうしたんだろう。高野先生が、やはりいつもと違う気がする。

少しの沈黙の後で、やっと返事があった。

「伊東先生は、来られないかもしれない」

「えっ？」

それは、飲み会がまだまだかかりそうということだろうか。それとも、病院の方でなにかあったのか。受け持ちの患者さんの容態が急変して、ということは今までにも何度かあった。

どういう意味だろう?

尋ねるように首を傾げても、高野先生は答えてくれない。そのくせ立ち去りもしない。

どうしたものか。

対応に悩んでいたその時、スマホが短く振動した。連絡が来たのだとわかって、ホッとして画面に視線を落とす。直樹さんだと期待したからだ。

「あ……」

表示された文面に気落ちして、がっくりと項垂れる。

【悪い！　病院に戻らないといけなくなった】

続いて【ごめん】という意味合いのスタンプ画像が送られてきた。

「……あぁ」

仕事なのだから仕方ない。患者さんが優先で当然だ。わかっているけれど、仕事が終わってからずっと外で待っていた身としては、かなりショックだった。

だったら最初から家に帰っていればよかったのだけど、直樹さんが早く抜け出してくる時もある。つい、気が急いてしまったのだ。

あからさまに落ち込んで見えたのだろう。

高野先生が、眉をひそめて低い声で言った。

「伊東先生?」

「はい。やっぱり来られないって……心配な患者さんがいたんでしょうか」

仕方ないですよね、とどうにか笑顔を取り繕う。しかし彼は目を伏せて、返事の代わりに思いがけないことを言った。

「食事は?」

「え?」

「待ってたんじゃないのか」

一瞬なにを聞かれているのかわからなかったけれど、どうやら私がご飯も食べずにここで待っていたのではと心配してくれたらしい。

「大丈夫です。食べがてら待ってたので」

「は? ここで?」

「え? いえまさか。さっきまではカフェにいたので」

まさか、こんなところでなにを食べるって言うんだろう。

なんとなく周囲を見渡して、別の柱を背に立っていた女子高生が売店で買ったのかメロンパンにかじりついているところが目に入った。せめて、どこかベンチでも見つけて座って食べればいいのに。

再び高野先生を見ると、彼もちょうど女子高生から私に視線を戻したところだった。

「さすがに大人なので。食べる時くらいはお店に入ります」

誤解されてはかなわない。真剣に頷いてはっきりと言うと、思いがけず高野先生が口元を緩めた。

はっきりとした笑顔ではなく苦笑のようなものだったが、高野先生が私と話していて笑ってくれたのは初めてかもしれない。少なくとも、記憶にない。

なぜだかうれしくて、私もつい笑ってしまった。

その時、ふと耳が人混みから女性の会話を拾う。

「見て、あの人……」

「わ……」

私の真横を通り過ぎた一瞬だったため、すべての言葉は聞き取れなかった。女性のふたり組が内緒話をするように顔を寄せ合って、彼のすぐ近くを通り過ぎる。彼女たちの視線の先は当然、高野先生だ。

……ああ、カッコいいもんね。

今の女性たちだけではなく、よく見ると周囲の視線を彼は集めていた。釘づけになる気持ちはよくわかる。

背の高い彼は、周囲から頭ひとつ飛び出ている。直樹さんも百八十を超えているけど、こうして見ると若干彼の方が高いように感じた。多分百九十近くありそうだ。

加えて、まるで俳優かと見紛うくらいに目鼻立ちが整っている。目立たないはずがないのだ。

私のせいで立ち止まらせているのだと気が付いて、慌てて言った。

「仕方ないし、帰ります。すみません、足を止めさせてしまって」

こんなところで何時間も待って、どれだけ会いたかったんだと呆《あき》れているだろうか。

気恥ずかしさを隠して頭を下げると、彼に背を向ける。

ちょっとくらい会いたかったな。

直樹さんのメッセージを思い出して、無意識にため息を吐いた。慌てて送ったような内容だったから、きっと急がなければいけない状況なのだろうと自分に言い聞かせる。

直後、またしてもめずらしいセリフを聞いて足を止めた。

「……せっかく、待ってたんだ。よかったら、飲みに行くか」

思い切り目を見開いて、驚きを隠すことも忘れ振り向いた。すると、彼は眉をひそめて仏頂面になる。

「そこまで驚くことか？　知り合いなんだから飲みに誘うくらいいいだろう」

「えっ。あ、そうですね、すみません、なんか……」

本当に、これまで素っ気ない態度しかされたことがなかったのだから、驚いて当然だと思う。きっと、無駄足になった私に気を使ってくれたに違いない。

「でも、帰ります。気遣ってくれてありがとうございました」

いくらなんでも、彼氏が来なかったからといって別の男性と飲みに行くのはいけない気がした。

「なら、送る」

「えっ？」

改札を抜けた私の後に、高野先生も続いていた。本当に送るつもりのようで、隣に並んで歩き始める。慌ててとんでもないと片手を横に振った。

「そんな！　大丈夫です、数駅くらいだし」

「数駅だけなら大して時間ロスにもならない」

なるよ！

もしも反対方向とかなら、行って戻るだけでも数十分かかる。

「高野先生、どちら方面ですか」

「こっちのホームで合ってるよ」

本当に？

私が歩いている方へついて来ているようにしか思えない。しかし、わざわざ方向を偽ってまで私を送ろうとする理由はないのだ。本当に、彼の言う通り方角は合っているのかもしれない。

困惑しながら隣を歩く高野先生を見る。すると彼は少し肩を竦めて、ちらりと周囲を見渡した。

「この時間になると酔っ払いが多いんだ」

「はあ……」

大体、飲みに行った人たちが帰り始める時間だ。言いたいことはわかるし、確かに改めて周囲を見れば酔って賑《にぎ》やかなグループもいたりする。

「あんなところで何時間も突っ立ってたら、危ない。せめて、待つ時は店の中で待った方がいい」

「ちゃんとお店にいたんですってば。そろそろかなって出てきただけで」

「本当に？」

「本当ですよ。どうしてそんなに疑うんですか」

そんなに危なっかしく見えるのだろうか。これでももう二十五歳になるのだけれど。

話している間にホームについて、ちょうど電車が入ってきたところだった。

「……何度も、見てるしな」

「えっ？」

アナウンスと大きくなった電車の音で、声が聞き取りづらい。聞き返したけれど、止まった電車のドアが開いて会話は中断された。

数人が降りるのを待ってから、高野先生に促されて電車に乗る。ドアの近くの手すりに誘導されて掴まりながら彼を見上げると、眉を軽く上げて笑う。ちょっと意地悪な表情に見えた。

「伊東先生のことが、大好きでたまらないっていつも顔面が語ってる。飲み会の間、外で忠犬みたいに待ってるんじゃないかって思ったら当たってた」

ぽかん、としばらく固まっていた。

なんということだろう。意地悪なのは表情だけじゃなくて、言葉もだった。しかも、間違ってない。ずっと外だったわけじゃないけれど、浮かれて家に帰らずこうして病院の近くまで来ている私は、忠犬と言われても仕方ない行動だ。

恥ずかしい。だけど、そんな意地悪な言い方をしなくてもいいじゃないか。

むっとして徐々に顔の中央に力が入る。きゅっと唇を結んで、上目遣いで高野先生を睨《にら》んだ。

「馬鹿にしてますか？」

「いいや。健気でかわいいなと思って見てる」

目が意地悪なままだから、そのセリフも当然からかっているようにしか聞こえない。

ふいっと顔を背け、窓の外を見て言い返した。

「どうも。伊東先生もそう言ってくれるので」

待っていると、直樹さんがとてもうれしそうにしてくれた。私はそれがうれしかったから、いつのまにかこうやって待つのが習慣づいた。忠犬と言われようが、納得してやってることだ。

窓に映る私の顔は、完全に拗《す》ねた顔をしている。左斜め上に高野先生の顔も映っていて、そこに焦点を合わせた時、どくんと心臓が跳ねた。

……え。

高野先生の目は、真っすぐ私に向けられている。

笑顔でもない。怒っているような顔でもない。瞬時に言葉で表せない、ただ胸の奥が締めつけられるような気持ちにさせられる、柔らかな眼差しに見えた。

息を呑《の》んでいると、彼が気付いて窓越しに視線が絡む。その瞬間、ぱっと逃げるように俯《うつむ》いた。

心臓の音が鳴りやまなくて、気付かれないよう小さく深呼吸をする。ほんの一瞬のことだった。暗い窓に映ったせいで、あんな風に見えただけかもしれない。きっとそうだ。あんな、切ない目を向けられる理由はない。

「……知ってると思うけど、しばらく飲み会とか続くから」

頭上から話しかけられても、俯いたままで顔は上げられなかった。

「はい。この時期ですもんね」

「フロアごとに看護師が歓迎会とかするからな。そのたびに声をかけられる。……だから、今夜みたいなことがまたあるだろうな」

「ああ……そうですか、やっぱり」

飲み会がある夜は、解散後なら会えそうってことだろうか。だけど、その飲み会がなければ仕事のすぐ後で会えたかもしれないのに、とも思う。

喜んでいいのかどうか、複雑な気分だ。そもそも、いくらお医者さんだからってこんなにも会えないものなのかな。

ふと、そんな疑問が頭を掠め、顔を上げた。今なら、それを聞くことができる相手が目の前にいる。

「あの」

「ん？」

声を出せば、すぐに問い返すような反応がある。高野先生の顔を見上げたけれど、それ以上言葉が出ない。なんて聞けばいいか、迷ったからだ。聞き方次第ではなにかを疑っているように思われる。

「どうかしたのか」

逡巡《しゅんじゅん》する私に、高野先生は不思議そうに首を傾げる。結局私は、なにも聞けなかった。

「本当に、忠犬みたいに外で立ち尽くして待ったりはしていないので。……伊東先生には言わないでくださいね」

さっきの高野先生のセリフを混ぜて、冗談のように笑う。高野先生は、笑ってはくれず眉間に軽くシワを寄せ、黙ったままだった。

それから数分、なんとなく気まずさを感じたまま電車に揺られ私の降りる駅に着く。

「ここで降ります。気遣ってくださって、ありがとうございました」

「家までは」

「すぐ近くなんで、大丈夫です」

本当に家まで送ろうとされても困る。彼の言葉に被せ気味にそう言うと、開いたドアから電車を降りる。彼もそれ以上、追っては来なかった。

ドアが閉まってから、窓ガラスを隔てて目が合う。黙って見つめ合う空気に気が咎めて、「おやすみなさい」と言う。声は届かなかっただろうけれど、唇の動きでわかったようだ。

電車がゆっくりと動き出した時、彼の目尻が柔らかく下がり「おやすみ」と唇が動いた。

遠ざかっていく電車を見ながら、なんとなくしばらく足が動かなかった。窓ガラスに映っていた高野先生の表情が頭から離れない。どうしてか、とても後ろめたい気持ちだった。

＊　＊　＊

「雅は、尽くしすぎだと思う」

仕事の後、カフェで待ち合わせた相手にずばりと言われた。彼女は、直樹さんの病院の看護師で共通の友人でもある永井《ながい》サチだ。高野先生に送ってもらった日から数日、直樹さんから連絡がない。そのことが気になって、サチにメッセージを送ってしまった。

【直樹さん、忙しそう？】

そのすぐ後に、夜勤明けで今日は休みだからご飯に行こうと返事があって、今である。

セルフサービスのカフェで、それぞれ頼んだサンドイッチのプレートと飲み物を受け取り窓際の席に座った。落ち着いて話せる状態になった、開口一番のセリフだった。

「えっ。そう？　かな？」

尽くすといえば、やっぱりお家に通って家事をしたりとかそういうことを想像する。しかし、私はそこまではしていない。

直樹さんのマンションにお邪魔した時は、そりゃ多少はするけれど、それだけだ。

「普通さあ。飲み会の後に会いたいからって外で待たせたりしないって。文句も言わずに待ってる雅もどうかと思う。会いたいなら家まで来いって言った方がいいよ」

そう言って、彼女はちゅるるとストローでアイスコーヒーを飲む。

「うーん……」

確かに、その部分だけだと周囲からは変に思われるのかもしれない。しかし、そうなる経緯はちゃんとあって、自然とそうなっただけなのだ。

インターンの頃は、カンファレンスや指導医施行の手術の立ち合いに検査にと本当に忙しそうだった。院内の人付き合いも大事だし、プライベートの時間にもあれだこれだと予定が入る彼に合わせるうちに、問題ない場には呼んでもらったり迎えに行ったりするようになった。

けれど、サチの言う通りそれが当たり前になっている今は、ちょっとおかしいのかもしれない。高野先生も、あの日送ってくれたのは私を心配してくれてのことだと、私もよくわかってはいる。

「直樹さんと話して、あんまり待機はしないようにする」

「話をしようとしても連絡取れないから私に聞こうとしたんでしょ？」

間髪入れずに厳しい口調が飛んできて、ぐっと言葉に詰まった。ちらりと上目遣いに彼女を見れば、眉間にシワを寄せている。

「忙しいんだなあ、と思うと……あんまり連絡しすぎるのもいけないと思って」

「気を使いすぎじゃない？　分刻みにメッセージを送ってるわけでもないでしょうに」

「いや、それ嫌がらせじゃない？」

「なかにはそういう女子もいるってこと。でも雅はそんなタイプじゃないしさあ」

そう言ってから、サチはかぷっとＢＬＴサンドに噛《かじ》りついた。もぐもぐと口を動かすその間も、やっぱり眉間のシワは消えていない。

「ねえ、なんか怒ってる？」

直樹さんと思うように連絡つかないからって、サチに頼ったことがいけなかったのだろうか。

「直樹さんのことはともかく、サチにも久々に会いたかったよ。年度初めでサチも忙しいのに、来てくれてありがとうね」

彼の現状を知りたくて連絡をしたのもあるけれど、久々にサチと話せるのもうれしい。少し前屈みになってサチの表情を窺《うかが》いながらそう言うと、彼女はちょっと目を逸《そ》らし気まずそうに呟いた。

「別に、雅に怒ってるわけじゃないわよ」

「そう？」

「伊東先生の扱いがちょっとあんまりじゃないって思ってるだけ。たまにはちょっと、雅の方が素っ気なくして焦らせるくらいしてもいいんじゃない？」

「素っ気なく……」

手にしたクロワッサンのたまごサンドを見つめる。

どうすれば素っ気ない態度を取れるのか、想像してみたがあまりいいこととも思えなかった。まるで試すみたいで、罪悪感が募りそうだ。

そしてなにより、今の状態で私まで素っ気なくしたら、本当にずっと会えなくなりそう。

ふっと頭をよぎった考えが、無性に不安を煽《あお》って胸の奥が重苦しくなる。その苦しさをごまかして、笑って顔を横に振った。

「忙しい時にそんなことされたら、私ならしんどくなると思うし」

「それはそうだけど……はあ……仕方ないか。雅は駆け引きなんかするタイプじゃないもんね」

「思ってた結果と反対になったら悲しくなるでしょ。そういうの怖くて無理」

笑いながら冗談交じりに言うと、彼女も苦笑する。

「ま、雅の聞きたかったことを言うと、伊東先生は忙しくしてるわよ。私もそんなに知らないけど」

「そっかあ」

少しホッとした。だけど、それが不安を抱えている証拠だとわかってちくりと罪悪感を覚える。

結局、信じたいと思っているだけで、信じ切れていないのだ。

彼の気持ちが離れているわけではないのだと、そう思える情報が欲しいのだと気が付いた。

「毎年のことだけど、新人が入ったら仕事ももちろん、しばらくは手間が増えるし。加えてこの時期は部署ごとに歓送迎会するし、関連する医師は当然お声がかかるし、人気がある医師は無関係のとこからも呼ばれたりするしねー。伊東先生とか高野先生とか」

「やっぱり人気あるんだ」

「若くてイケメンの医師なんてそりゃあ。来れるかどうかはともかく声だけかけて損はないってノリでお誘いは多いわよ」

それを聞いて、テーブルに突っ伏してしまいそうになった。

「ああ……私も医療関係の資格取ったらよかった……」

「一緒に働きたかったって?」

「うん」

そうしたら、不安も少しは減ったかもしれない。

「社内恋愛みたいなのも、なにかあった時にしんどいと思うけどね」

サチがぼそっと呟いた内容が、一瞬ひどく実感の籠ったものに聞こえ、彼女の目を見て首を傾げる。

「確かにそうだけど、別れる時のことを考えて相手を好きになるわけじゃないし、難しいね」

「まったくだわ。気にしない図太い神経の奴もいるけどね」

「なんかあったの？」

やはり、刺々しい。

どうしたんだろう。久しぶりに会ったというのに私の話ばかりになって、後悔した。彼女だって話したい出来事があったかもしれない。サチは私よりもずっとしっかりしているイメージだから、いつもつい甘えてしまう。

しかし、サチは私と目が合うと苦笑いをして「なんでもない」と肩を竦めた。心配だったが、彼女はすぐに逸れた話をもとに戻してしまう。

「まあ、資格を取っとくのは今からでも間に合うんじゃない？」

「うん、私もちょっと考えてて。あ、直樹さんのことだけじゃなくてね。もっと再就職に繋がりやすい資格とっとけばよかったなあって」

「派遣だから？　別にいいじゃない、派遣でも評価されたら実績になるでしょ？」

「それはそうなんだけど……」

簿記とＭＯＳは取ったけれど、そうめずらしくもない。雇用側から重宝されるような、専門的なものがあれば派遣じゃなくて正規雇用してもらえたかもしれなかった。

再就職の難しさを経験して、心底そう思う。

そのこともあり働きながらできる勉強を、と考えていたのだが、どうせなら医療関係を取りたいかな……と下心が少々入ってしまうのは、よくないことだろうか。

でも、医療関係は常に雇用があるし、医療事務なら働きながら取れるのではないかと、既に資料請求していたりする。

「ま、すぐにどうこう考えなくても、勉強するのはいいことだよ」

「そうだよね」

そうなったら、私も忙しくなるしあまり寂しいと感じずにすむかもしれない。

よし。やっぱりなにか、勉強しよう。

直樹さんとのことで不安になるのは、私自身にも理由があると思っている。前の会社が倒産して再就職に難航してから、なんとなく自分に自信が持てないでいた。資格取得のための勉強は、その解決にも繋がるのではないだろうか。

サチに背中を押してもらって、少し元気が出た。

「雅、この後どうする？　どっか行く？」

「サチは夜勤明けでしょ？　大丈夫？」

「明日朝から仕事なんだけどさ、今朝帰って爆睡しちゃったから、よかったら眠くなるまで遊ぶの付き合って」

夜勤のある仕事は大変だ。

もちろんいいよと返事をして食事を終え、カフェを出る。

「どうする？　手っ取り早く疲れて眠くなるなら身体動かしにいく？」

室内でいろんなスポーツが楽しめる施設が近くにあったはずだ。スマホで検索しようと手にしたちょうどその時、着信があった。

「あ、直樹さんだ。ちょっと待って」

サチに声をかけて、道の端に寄り立ち止まる。メッセージアプリを開いて表示させると、ごく短い文章だった。

【連絡できなくてごめん。今なにしてる？】

やっとあった連絡がサチと遊びに出かけている最中というタイミングで、その上素っ気ない。

仕事のためとはいえドタキャンした相手に、もうちょっと優しい言葉を送ってくれてもいいんじゃないだろうか？

少し不満に思いつつも、久々の連絡だからこそ喧嘩《けんか》もしたくなかった。

【久しぶり。身体大丈夫？　今、サチとご飯食べた後】

簡単に彼の身体を心配するひとことと、今の状況を伝える内容を打って送信する。するとすぐに返信があった。

【残念。今から会えないかなと思ったのに】

「えっ」

思わず声をあげてしまい、サチが問いかけるような視線を寄越す。私は「なんでもない」と首を振ってみせ、急いで返事のメッセージを打った。

【ごめんね。タイミング合わないね。遅くなるけど帰ったら電話していい？】

サチと少し遊んでからでも、彼が寝てしまうまでには間に合うかもしれない。やっと連絡が取れたから、声くらい聞きたいしなにより彼と話したかった。

大した内容じゃなくてもいい、ただ会話がしたい。

彼とのコミュニケーションに、飢えている。

そんなことを思いながら急いで送信したものの、さっきはすぐに付いた既読マークが付かない。

「伊東先生、なんだって？」

「あ、大丈夫。こないだはドタキャンでごめんねって」

今から会えないかって誘われたと知ったら、サチが遠慮する。心配して出てきてくれた彼女にそれは申し訳なくて、言わなかった。

スマホをバッグに戻して彼女と一緒に再び歩き始める。

「なにそれ。何日経ってると思ってんの」

「あはは」

「あははじゃないわよ。ほんと、呑気だから心配になるわ。次のデートには思いっ切りいいもの食べさせてもらいなさいよ」

直樹さんとのやり取りの間に、サチが検索して目当てのスポーツ施設を見つけてくれていた。彼女のスマホで場所を確認しながらふたりで歩いていく。

結局、その日はメッセージに既読が付くことはなく、サチと遊んで別れた後に電話をしてみたが、彼と話すこともできなかった。

明らかに以前の彼と違っているのに『忙しいから』と理由づけして、自分を納得させようとしていた。彼の心が離れているのではないかと、そう思うことが怖かった。もしかして、他に好きな人でもできたのだろうか。だから私と距離を置こうとしているのかもしれない。

そんな風に考えてしまうことが嫌だった。けれど、自分に嘘をつくのは長続きしない。不安に思う時点で、疑っているのと同じなのだ。

——もし、このまま似たような状態が続いたら、一度、気持ちを吐き出してみよう。どうして会えないのか、そんなにも連絡ができないものなのか。

もしも誰かに心変わりしたのなら、別れてほしいと彼から言ってこないのはなぜなのか。

この不安をそのまま伝えて、もし本当に忙しいだけだった場合、私はただ鬱陶しい存在だと思われるだろうか。だけど、ずっとこのままなのは私も辛い。

会えないことには話もできないが、メッセージで話を切り出せばさすがに彼も会おうとしてくれるはずだ。

そうしたら、私が疑心暗鬼になっているだけだと笑い飛ばしてくれるかもしれない。

そんな希望的観測が頭に浮かび、私はやっぱり彼に戻ってきてほしいのだと気付かされて苦しくなった。

——今日会えなかったら、ちゃんと聞こう。

そう心が区切りをつけ始めた日。

駅の改札口から病院に続く道の先へ視線を向ける。直樹さんに会いたいとメッセージを送ったら、またこの周辺で待つことになった。

あの病院は敷地が広大で、周囲に建物がないので空が広く見えた。日が沈んだばかりのその空に、ひと際強く光る星がある。

「あ。金星」

最初にあの星、宵の明星を見つけたのはやっぱり直樹さんを待っている間のことだ。あれが建物の陰に見えなくなったら、大体十九時くらい。

星に詳しくない私が、そんなことまで知るくらいにここで待ちぼうけを食っているのだと気が付いて、突然目頭が熱くなって涙が滲《にじ》みそうになる。

泣きだしそうなのを、金星を睨みながら唇を噛《か》みしめて耐えたというのに、呆れたような声がして気が緩んだ。

「またいた」

星から視線を下げると、〝また〟高野先生が立っていた。

瞬きをした拍子にぽろっとひと粒こぼれ落ちた涙を、慌てて片手で拭い去る。泣きたい衝動は引っ込んでくれたので助かった。

「今からご飯食べて待ってようかなと思ったところです。ずっとここで立ってるつもりじゃないですよ」

「相変わらず忠犬だね」

彼を待つこと自体が忠犬だと高野先生は言いたいらしい。

呆れたような表情で近付いてくると、彼は私の目の前で立ち止まった。帰るのなら、そのまま横を通り過ぎて改札に向かえばいいのにと首を傾げる。

「高野先生?」

呼びかけても返事がなく戸惑っていれば、彼は感情を心の奥に引っ込めるように無表情になった。なにを考えているのかわからない目で見つめられ、私は不穏な空気を感じ気圧されるように一歩後ずさる。

しかし、即座に伸びてきた手に腕を掴まれ逃げられなくなった。

「先生? あの」

「伊東先生待つだけだろ。来るまでちょっと付き合って」

「え、ええっ」

私の返事を聞くつもりはまったくないらしい。以前、ここで同じように誘われた時よりもずっと有無を言わせぬ強引さで、彼は私の手を引いた。

少し早歩きで駅から離れていく。

「ど、どこに行くんですか。私、待ってないと」

「ここで待たなくてもいいなけりゃ電話してくるだろ。普通そうだよ」

吐き捨てるような投げやりな口調に聞こえて、なんて言い返せばいいかわからない。それに、ほんのちょっとだけ、ズルい考えが浮かんだ。

私がいつもと違う行動をしたら、さすがに直樹さんも心配してくれるかもしれない。

深呼吸をすると、ひんやりとした夜の空気が肺の中まで入り込む。進行方向の少し上に、まだ宵の明星が見えていた。

初恋が消える夜

連れて来られたのは、大通りから一筋道を外れた場所にあるとてもお洒落なカフェバーだった。ブラウンウッドの木材をふんだんに使った内装に南国風のインテリア、オレンジ色の照明が大人っぽい雰囲気を店内に漂わせる。各テーブルの上には、背の低いガラスの一輪挿しに花とグリーンが一本ずつ飾られていた。

「こんなお店、知りませんでした」

この辺りはそれなりにうろうろとしていたのに、知らない道の知らない店だ。店内を見渡しながら言うと、高野先生は「ふうん」と小さな声で呟く。

彼は頬杖《ほおづえ》を突きながら、テーブルの端に置かれている黒い表紙のサイン帳のようなものを手に取った。

向かい側に座る私にも見えるように、テーブルの中央に置いてページをめくる。手作り感がかわいらしいメニュー表だった。

「なにが食べたい？」

「えっと……どれも、美味しそうです」

サラダだけでも十種類、肉料理に魚料理と単品料理が続き、人気のある料理にはご飯とスープ、ミニサラダがついたセットにもできる。

「魚より肉の方が好きだよな」

「え、はい」

よく知ってるなあと思いながらも気にする間もなく、すぐに次の質問が飛んできた。

「牛肉のカルパッチョがうまいよ。鶏の刺身もうまいけど、生の鶏っていける方?」

「食べられます」

「オッケー。サラダはどれがいい?」

次々と私の好みを聞き出しながら料理を決め、カクテルがうまいからと勧められるままにオーダーが終わった。

駅で会ってからここまで、勢いで押し流されてきたような感覚でなにやらどっと疲れを感じる。そのせいか、カクテルがすぐに運ばれてきてひとくち飲むとほうっと力が抜けた。

「……美味しい」

生の苺を軽く潰したものがお酒に混ぜられていて、爽やかな甘みと酸味が口の中に広がる。透明なグラスに入っていて、苺の赤と飾られたミントの葉で女性の喜びそうな見た目に仕上がっていた。

直樹さんから連絡があるまであまり酔いたくはないけれど、ちょっとくらいはいいだろうか。ついつい、もうひとくちと進んでしまう。

シャンパンと一緒に崩れた果肉が流れ込みするっと舌の上に乗って、ほどよい香りと甘さがじゅわりと口内に広がった。

高野先生の存在も忘れカクテルの味にうっとりとしかけて、視線を感じて正面を見る。高野先生とぱちりと目が合った。

――み、見られてた？

間違いなく、緩み切った顔だったと思う。彼はぱっと斜め下に視線を外して、モヒートのグラスを口元に持っていく。

「ここは、フルーツを使ったカクテルがうまいから。気に入ったら他のも頼めばいい」

そう平静を装っているものの、彼の肩はふるふると震えて見えた。

「笑わなくてもいいじゃないですか。こんなに美味しいカクテルなんて初めてだったんです」

「いや、美味しそうに飲んでくれてよかったと思っただけで、笑ったわけじゃ」

嘘だ。あのグラスで隠しているだけだ。だって手に持ったグラスを全然下ろさないし、まだ微かに震えている。知らなかったが、意外と彼はよく笑うらしい。

いつまでも笑わないでと念を込めてじっとりと睨んでいると、彼はやっと咳払いをしてグラスをテーブルに置いた。そのタイミングで、オーダーした料理が三種類ほど運ばれてくる。

「料理も評判いいから食って。腹減ってるだろう」

「……いただきます」

ごまかされたような気もするが、確かにお腹も空いているので差し出された小皿を受け取った。小皿に少量ずつとって食べてみると、確かにどれも美味しい。

思わず口元を押さえて高野先生を見ると、彼はまたうれしそうに笑っていた。

「うまいだろ」

まだ口の中に入っているのですぐに答えられなくて、こくこくと頷く。

「付き合ってもらったお礼に奢《おご》るから、遠慮なく。これ、鶏の刺身はごま油つけてな」

甲斐甲斐《かいがい》しくごま油の入った小皿を私の方へ近付けてくれて、料理も全部取りやすいところに並べてくれた。

私は慌てて口の中のものを飲み込みお礼を言うと、気になっていたことを尋ねる。

「あの、ちょっと付き合ってって言ったの、お食事にってことですか？」

「そう。どうせ待つ間に食べるつもりだったんだろ？　俺もこれからだし、ひとりじゃ浮く店もあるし」

なるほど、と頷いた。確かに、このお店はちょっとひとりでは入りづらそうだ。ほとんどの客がふたり以上……というか、カップルのように見える。

「今日は、高野先生は直樹さんと一緒じゃなかったんですね」

彼は、研修医が集まる親睦会があるから先輩として顔を出しにいく、と言っていた。会える日はないかと聞いているのに答えがそれだったので、この親睦会の後に会いたいという意味だと察した。

「そんな、しょっちゅう飲み会にばっかり行ってられない」

高野先生が、吐き捨てるように言う。

じゃあ、どうして直樹さんは……と、比べて考えてしまいそうになって口を閉ざした。仕事の仕方も付き合いの仕方も、人それぞれだ。

ただ、直樹さんの中で〝私〟という存在の優先順位が、下がっているのはもう、さすがに理解している。

「直樹さん、お酒好きだから」

そんな言葉でごまかしながら、私はバッグからスマホを取りだす。この状況でもうんともすんとも鳴らない。彼からの着信を知らせてくれないそれがなんだか憎らしくて、だけど放ってもおけずにいつ着信があってもわかるようにテーブルの上に置いた。

「後藤さんは？」

「え？」

「酒。結構好き？」

頬杖を突いてグラスを揺らしながら、高野先生が私を見る。さっきの、うっとりと味わっていた顔を見られた以上、隠す意味はないなと観念した。

「……実は、大好きです」

あんまり飲みすぎると直樹さんが嫌がるから、いつもは控えめにしている。サチは時々ふたりで飲みに行くから知っているけれど、高野先生や他の人は私があまり飲めないと思っているはずだ。

正直に白状してしまったら、なんだか少し気持ちがすっきりした。

「じゃあ、今日は遠慮せずに飲めば」

「でも、直樹さんからいつ連絡があるかわからないし」

「その時は俺が飲ませたって言うよ。ちゃんと、無理やり連れて来たって言うし」

料理を食べながら話をしていると、一杯目のカクテルは私のグラスも彼のもあっという間に空いた。彼がすぐに次におすすめのカクテルを教えてくれて、二杯目は少し強めのものだった。

店に入って一時間、二杯目のグラスが空いた頃。

やっぱり直樹さんが気になって、こちらからメッセージを送ってみたが既読すら付かない。

「直樹さんに、ご飯食べ終わって待ってますって送っておきます。高野先生、帰るお時間になったら私のことは気にしないでくださいね」

「俺が誘ったのに、置いて帰れるわけないだろう。せめて連絡つくまでは一緒にいるよ」

私の言葉に、高野先生は心外だとでも言うようにむっと眉をひそめた。

「でも、それじゃいつになるか」

「いつになるかわからないのに、待たされるのに慣れすぎ」

「う」

ごもっともな意見に言葉を詰まらせながら、アプリを開く。店の名前を伝えておこうかと思ったが、いつまでいるかわからないしそれはやめておいた。メッセージを入力していると三杯目のカクテルが運ばれてくる。

二杯目のカクテルが思っていた以上に効いて、頭がふわふわとし始めていた。実は、酒好きではあるけれど特別強いわけではない。

これは、ちょっとペースを考えながら飲まなくては。

美味しいからといってぐいぐい飲みすぎないように、食べることとしゃべることに集中することにした。

高野先生とこんなに長い間ふたりで話したことは、もちろんこれが初めてだ。だけど意外にも会話が弾んだ。

「で、医療事務？」

「……別に、同じ病院で働きたいからとかじゃないですよ。病院関係の求人は安定してるっていう話だし、私が取るなら医療事務かなって」

先日サチと会った時の話をしていて、同じように就職の話になった。それだけ、私が今の仕事に不安を感じているからだけれど。

資格を取りたい。色々調べた結果、働きながら勉強できて資格取得がしやすく、馴染みのある事務職でもある医療事務は、私にとって魅力的だった。

「いいんじゃないか。求人の需要はどれくらいなのかは俺にもわからないけど、なんでもやってみる価値はある」

「うん、私もそう思って……あ、ごめんなさい」

お酒が入って話も弾んで、つい敬語が抜けてしまった。口を押さえて謝ったけれど、彼は肩を竦める。

「別に気にしない。楽に話せばいいって。それ、伊東先生はなんて言ってた？」

「……まだ、相談できてなくて」

最初がサチで、その次が高野先生ということになったが、本当は直樹さんに一番に相談したかった。

だけど……今、この状況では相談しづらくもある。

「じゃあ、資格取ってから言ってもいいかもしれないな」

「だって、取れなかったらとか思わない？」

「そう、かな」

「えっ！　そんなに難しいのかな？」

「さあ、どうだろう」

医療事務といっても何種類かあるのだが、取り寄せた資料では一カ月でカリキュラムを終了して認定試験を受けられるみたいだった。

まあでも、これも私の頭のでき具合にかかっているということなのだけれど。やってみないとわからないのだから、悩んだところで仕方ない。

「じゃあ合格したら話そうかな」

「先に知ってる俺はちょっと優越感だな」

高野先生が、直樹さんより先に知っていったいなんの優越感があるんだろう。意味がわからず首を傾げて彼を見ていた。

その背後に、店の出入り口があり、よく見知った人物が入ってくるのが見えた。驚いて目を見開く。

高野先生も、私の目が後ろを見ているのだと気が付いて、振り向いた。

「直樹さん？」

呆然《ぼうぜん》とした声だったと、我ながら思う。店内のざわめきの中にかき消えるくらいの小さな声で、聞いたのはきっと高野先生くらいだ。

直樹さんの横に、私より少し年上くらいだろうか。大人っぽい雰囲気の女性がいて、直樹さんの腕に絡みついていた。

同僚かも。先輩か後輩か看護師……私は知らない人だけれど、友人かもしれない。いろんな説を考えたが、どれにしてもただならぬ関係だとふたりの纏《まと》う雰囲気が訴えていた。

店員に案内されて、ふたりはパーティションで区切られた半個室が並ぶ店の奥へ向かう。その時、直樹さんが偶々《たまたま》私の方を見た。目が合った瞬間に、ぎくりと顔を強張らせる。

私は、固まってしまって声も出なかった。だけど、あの女性となにもないなら直樹さんから私に声をかけに来てくれるはず。

その期待は、バツが悪そうにあっさりと逸らされた視線で裏切られた。

「……え、なんで」

姿が見えなくなって、私はどこを見たらいいかわからなくなった。視線を下げて、テーブルの上を見る。

頭の中が、真っ白になった。視界の端に自分のスマホを見つけ、直樹さんから連絡が来ていないか確かめようと手を伸ばす。画面に触れた手が震えていた。

それでもどうにかメッセージアプリを開く。既読すらまだ付いていない。

……未読スルー？　既読付けたら返事しないといけなくなるから？

「後藤さん」

低い声で名前を呼ばれて、のろのろと顔を上げる。目の前に、高野先生がいることをすっかり失念していた。

「……高野先生」

彼の顔を見て、この人は知っていたのだと思った。だって少しも驚いた顔をしていないのだ。

「あの人、誰ですか」

高野先生が知っているなら、きっと病院関係者だ。心臓の鼓動が、息苦しいくらいに早鐘を打っている。聞くのが怖いのに、聞かずにはいられなかった。

「この春、別の病院から転職してきた看護師」

この春。ということは、直樹さんとはまだ知り合って間もないということか。

その推測が当たっていたとして、別に私の方が長い付き合いだとかで優位に立てるわけではない。だけど、次の言葉で打ちのめされた。

「幼馴染らしい。小学校以来会ってなくて、偶然の再会だって話」

ギュッと胸の奥の方を、握りつぶされたような気がした。

「あー……なるほど」

棒読みでそんなセリフが出た。ショックを顔には出したくないのに、唇がひきつってうまく笑えない。あまりにも自分が惨めだった。

「それは、仕方ないかも」

――幼馴染、なんて。絶対、かなわない。

私と直樹さんも付き合いは長い。だけど、常に私が追いかけていたような感じだった。幼馴染なんていう子供の頃からのきずなに、太刀打ちできる自信などまったくなかった。

口の中がカラカラに渇いて、カクテルのグラスに手を伸ばすとひと息に飲み干した。一瞬くらりとしたのに、頭の芯はしっかりとしていて酔えそうにない。

「仕方ないわけあるか」

吐き捨てるような強い口調が耳に残って、ハッとする。さっき直樹さんたちが店に来たのを見てから、動揺して視界に映るなにもかもがぼんやりとしていた。それが、今の声で我に返って、はっきりと高野先生の顔が見える。

「卑屈になるな。怒っていいに決まってる」

真剣な目を真っすぐに私に向けてくる。彼の瞳は、私以上に怒りを含んでいるように見えた。私はぽかんとして、彼の言葉を反芻《はんすう》した。

「……怒っていい」

確かにその通りだ。怒って当たり前のことを直樹さんにされているのに、なんで私がこんな諦めのような気持ちにならなければいけないんだろう。

そう気が付くと、次々と頭に浮かんでくる。

この春に再会したということは、彼がのらりくらり私と会うのを避けるようになった時期と重なる。

もとから彼は、呼べば飛んで迎えにくる私を喜んでいる節があった。だから、飲み会が終わるまで待っててと言われても特に変だとは思わなかったけれど、そのままドタキャンされた時は今夜のようにさっきの彼女と会っていたのかもしれない。

なにも知らずに、そわそわしながら待っていた自分の姿が、思い出される。途端、抑えきれない感情が、込み上げてきた。

「お……怒ります」

声が震えるくらいの怒りと一緒に、けれど涙も込み上げてきて爪が食い込むくらいにギュッと手を握りしめる。

「怒ってます。でも」

今ここで、怒って泣きわめいたら、なにか変わるだろうか。ただ私が見捨てられて、惨めに言い負かされることしか思い浮かばない。

言葉を続けようとすれば唇が震え、慌てて噛みしめた。そうしたらなにも話せなくなって、ただ震えて俯く。わざと爪を立て握りしめる手に握力を込めたけれど、手の痛みだけでは涙が止まりそうにない。

テーブルの上に乗せた自分の拳を見つめて泣くのをこらえていると、その拳が一回り大きな手に包まれた。

「出よう」

涙腺が決壊してしまう前に、そう言ってもらえるのはありがたかった。なにより、ここで泣いて万一直樹さんに見られたらと思うと、早くこの場所から消えたくて私は言われるままにバッグを手に立ち上がった。

高野先生が会計をしてくれている間、私はぼんやりと店の外を見る。あとで、半分払わなくちゃ。合計いくらだったんだろう。お財布に現金いくら入れてたっけ。

数字を一生懸命頭の中に浮かべていないと、油断したら泣けてくる。気持ちを静めようと深呼吸を数度繰り返した時、背後からかけられた声に固まった。

「お前ら付き合うの?」

ぱっと振り向くと、直樹さんが私を見て笑っていた。彼ひとりだ。彼女はおそらく席に残し、適当に言いつくろって出て来たのだろう。

「え……」

どういう意味？

自分が今、なにを言われたのかわからなかった。周囲を見渡しても、彼が話しかけているのは私しかいない。私と、今会計をしている高野先生に向けてだ。

「付き合うって、そんなわけ……」

どうしてそんなことを言うの。

まるで、私と付き合ってた事実なんてないみたいな言い方に、反論するうまい言葉が見つからない。

あの人と付き合うから、俺のことは忘れろと言いたいのか。私の存在を彼女に知られたくないのかもしれない。

だとしたら、今高野先生と一緒にいた私は、彼にとってとても都合がよいということになる。

「あ、それかもしかして前から？」

「違います！　高野先生に失礼なこと言わないで！」

思わず声を荒げてしまったため店内がざわついた。ハッとして慌てて口を噤《つぐ》む。だけど高野先生に対する今の言葉は許せなかった。

待ちぼうけしている私を心配して、彼は声をかけてくれただけだ。おそらくは、直樹さんの浮気を知って、放っておけなかったんだろう。

——浮気、じゃないのかも。

今の直樹さんの態度からして、切り捨てられるのは私の方なのだから。

「高野先生は、違います。それに、私は二股かけたりしないっ」

公衆の面前でこれ以上揉《も》めたくはないけれど、どうしても黙ってはいられなかった。

必死で声に出した言葉は当てこすったようなセリフにしかならなかったが、それは充分彼を刺激したらしい。

直樹さんの眉が、ぴくりと小さく上がる。彼が機嫌を悪くした時の癖だ。笑っているのに目が冷ややかで、彼がなにを考えているのか全然わからなかった。

その上、ハッと小馬鹿にしたように笑う。

「どうだか。高野は前から」

「伊東先生」

直樹さんの言葉を遮るように高野先生の落ち着いた低い声が響く。

「こんなところで口論して、大丈夫ですか。彼女に聞かれますよ」

高野先生が財布をジャケットの内側に仕舞いながら、私の方へ近寄ってくる。それから、急に私の肩を抱き寄せた。

「勘違いされたら彼女に申し訳ないから説明しますが、後藤さんには俺が一方的に迫ってます。先生にはもう関係ないことですが」

肩を掴む彼の手が、とても力強い。高野先生を見上げれば、彼は真っすぐに直樹さんを睨みつけていた。

――高野先生？

その横顔を見て、もうこらえていた涙が止まらなくなった。唇を噛みしめて、彼の横顔だけを必死に見つめる。

彼が直樹さんに向けてはなった言葉は、私のプライドを守ろうとしてくれたのだろう。それでもうれしかった。

ほんの数分前まで信じていた人は私を守ってはくれない。ならば今一時だけ、この人に甘えたかった。直樹さんの前でこれ以上惨めな自分を晒《さら》したくなかったから。

「構わないですよね。彼女は俺がもらっても」

その言葉を最後に、彼は私の肩を抱いたままくるりと方向転換する。

「先生……」

「悪い。フリでもいいから、今は絆《ほだ》されといて」

互いにしか聞こえない小声の会話を交わして、私は高野先生の肩に頭を預けた。

『悪い』なんて、高野先生が言うことじゃない。私が言わなければいけない言葉だ。

「……すみません」

申し訳なさにこぼれたひとことは、カウベルの音でかき消された。

店を出て、扉が閉まるのも待たずに彼は足早に夜の通りを進んだ。

しばらく彼は無言だった。どこまで歩くのかわからなかったが、なかなか涙も嗚咽も止まらず、確かめるのも億劫《おっくう》で私はただ促されるままについていく。

人通りの少ない住宅街まで来て彼は、やっと歩調を緩めた。

「ごめん、勝手に」

ふるふると顔を横に振って、私は深呼吸をして息を整える。鼻や目元が熱を持っているが、どうにか涙が止まったところだ。

「大丈夫です。こっちこそ、ごめんなさい。高野先生にあんなこと言わせてしまって」

彼の手が私の肩を離れていく。が、すぐに腕を取られて手を繋ぎ、先ほどよりはゆっくりと誘導される。

涙の跡が恥ずかしくて瞼を指で拭っていると、また彼が立ち止まりその手も取られた。

「怒ってもいいし泣いてもいい。我慢するな」

「や……ちょっと、待ってください。やっと、収まったのに」

そんな優しい言葉をかけられたら、また止まらなくなってしまう。しかし、彼は私の手を掴んだまま離そうとせず、顔を隠させてくれない。

「ふ……う……」

ぼたぼたぼた、とまた涙腺が決壊した。

「ううぅ」

みっともない。情けなかった。二股をかけられているのにも気付かずにノコノコ出向いて、天秤《てんびん》にかけられた挙句直樹さんはあちらに傾いたのだ。

どれだけ強がっても、捨てられたのは私。その事実が情けないし悔しいのに、怒るよりもやっぱり涙が出てしまう。

「……後藤さん」

「悔しい、悲しい、わかんない……」

「そうだな」

「今日は、研修医の親睦会じゃなかったの？」

この前、サチといる時に会いたいと連絡があったのは、このことだったのだろうか。

だとしても、その後に電話をしたいと言っても返事もくれなかった。

彼女と会うなら、私を待たせる必要なんてなかったじゃないか。直樹さんがいったいなにを考えているのかわからない。

「いや、それもあった。多分、その後だと思う」

「じゃあ、なんで」

彼女が好きなら、私に早く別れ話をすればよかったのに。それもしないで、なんでこんな中途半端なことを彼はしたの。

問いかけた先は高野先生で、彼は眉根を寄せてなにも言わなかった。高野先生からしたら、そんなことを聞かれてもわからないだろう。

泣く私を連れてはどこにも行けず、彼はジッとその場で佇《たたず》んでいた。私は目が溶けてしまうかと思うくらいに泣いた。

どれくらい経っただろうか。おそらく十分かそれくらいだと思うけれど、不意に彼が私の手を離し、頭を抱き寄せた。その直後、男の人たちの囃《はや》し立てるような声を聞く。

「おーい、痴話喧嘩か」

「女泣かせんなよぉ」

悪い人たちではなさそうで、そのまま通り過ぎていく。私を抱き寄せてくれたのは、泣き顔を隠してくれたのだと気が付いた。

「……あ、あの」

硬くたくましい胸板が私の額に触れて、体温が伝わってくる。

「すみません、私、泣きすぎちゃって……長い時間、付き合ってくれてありがとうございます」

今、私にこの体温は毒だ。いつまでもすがりついて泣いてしまいそうで、これ以上一緒にいるのはダメだと思った。ただでさえ駅で会ってからずっと、彼は私を気遣ってそばにいてくれている。

これ以上の迷惑はかけられないと、身体を離して一歩下がった。

「もう大丈夫なので、帰ります」

開き直って顔を上げ、どうにか笑う。高野先生の目は、まるで痛ましいものを見るようでその視線も私には辛かった。

「そんな顔で、帰せるわけないだろ」

鏡を見なくてもわかるくらいに、上の瞼が重い。多分、ひどい顔をしているのだろう。さすがに私もこれで電車に乗る勇気はないし、なによりもう、疲れてしまった。

「タクシーにします。……すみません、タクシー乗り場かどこかまで」

きょろっと周囲を見渡したが、私の知らない道まで来ていた。ずっと徒歩なので、駅からそれほど離れてはいないはずだが、店からは前も見ずに彼に引っ張られるまま歩いていたからまったく方向がわからない。

彼は、まだ納得していないようだったけれどため息をひとつ吐いた。

「……こっち」

そう言って、また私の手を引いて歩き出す。てっきり私は、タクシー乗り場まで案内してくれているのだと思っていたけれど、違った。

「そんな状態で、ひとりになんてできない」

「でも」

「多分、誰でもそう言うよ」

握りしめてくる手は、振りほどくことを諦めてしまうくらいに力強くて温かだった。


ひとり暮らしには、少しもったいないくらいに広いリビングとダイニングだ。私は、ソファに座らされて、ぼんやりとしていた。

「明日は休み？」

話しかけられてハッと顔を上げる。高野先生が、缶をふたつ手に立っていた。ひとつはビールで、もうひとつは缶チューハイだ。

「休みなら、もう少し飲みたいかと思って」

差し出された缶のうちチューハイの方を受け取る。今日は金曜で、土曜日は隔週の出勤。明日は休みの日だった。

「酔っ払ってもいいよ。健康被害が心配になる前に止めてやる」

「……じゃあ、お言葉に甘えて」

振られた惨めなところを目の前で見られたし、散々泣き顔も見られたし、正直もう彼の前で取り繕う気力はない。

なにも考えずにプルトップを引くと、プシュッと音がした。飲み口に直接口をつけて、思い切りよく呷《あお》る。

頭も身体も疲れ切って、ぐびぐびと飲んだチューハイがしみ込んでいく。とてつもなく、美味しく感じた。

「いい飲みっぷり」

「お酒好きでよかったなと思いました。ヤケ酒できるから」

「確かに」

ぷは、と彼が笑った。彼も手にした缶ビールを開け、そのまま飲みながらソファではなくラグの上に胡坐《あぐら》をかく。

「……サチは知ってたんでしょうか」

「サチ……ああ、永井さん？」

「はい。こないだ会った時に、なんだかちょっと、変だったかなって今にしてみたら」

「知ってたのは、俺だけかな、多分。永井さんは元々、伊東先生の後藤さんへの扱いに腹立ててた感じ。自分の都合に合わせて呼んでたのは、結構前からだろ」

「そうですね……だから都合のいい女になっちゃったってことでしょうか」

直樹さんの隣にいた女の人が頭に浮かぶ。私と正反対の、大人の女性だった。直樹さんからすれば、私は子供っぽかったのかもしれない。

考えたら、また目頭が熱くなる。鼻の奥がツンとする。気付かれないよう、できるだけ静かに鼻を啜《すす》った。

「別に、都合がいいとかそういうんじゃない」

「え？」

彼は、数秒考えた後、缶ビールを揺らしながら言った。

「後藤さんは、ただ好きな男のために一生懸命だっただけだろ。会いたくて、会えたらうれしいって顔全開で、ただ素直だっただけ。それを都合よく扱った男が悪い」

……そうだろうか。

どうしても〝私がもっと大人だったら〟とか、自分の至らなさを探してしまう。だけど、そんなことはしなくていい、と彼は言う。

「不誠実で別れ話もまともにできない男に合わせても意味ないだろ」

すっぱりと言い放ってくれて、気持ちが少し楽になる。

自分に悪いところがひとつもなかったとは言わない。だけど、悪くないと断言してくれる人がそばにいて、今はそれがありがたかった。

「だから、あとはヤケ酒してすっきりするだけ」

彼が私に向かって缶を差し出す。乾杯、という意味だとわかって、私の缶をそれにぶつけた。

「ヤケ酒って、どうやったらいいんでしょう。酔いつぶれるまで、ひたすら飲む？」

「酔っ払って、言えなかったこと全部吐き出すとか？」

――言えなかったこと、全部。

あの状態で、私は直樹さんになにを言いたかっただろう。いっぱいあるはずなのに、うまく言葉は見つからなくて、まずは簡単な悪口を口にしてみる。

「……直樹さんの、ばかー」

ちょっと棒読みになったそのセリフを聞き、高野先生が顔をくしゃっとさせて笑った。

「悪口にしちゃかわいいな」

「女ったらし。すけべ。ヘンタイ」

「たらしは違いない」

彼が相槌を打ってくれるので、段々と調子が出てくる。

「私の青春返せー！」

案外、ありきたりな言葉しか出てこないものだなと思う。だけど、内容なんてなんでもいいのだ、きっと。

吐き出して、吐き出して、吐き出して——。

忘れなければ、ずっと苦しいままだ。だって、今の直樹さんを好きな気持ちはかき消えたけれど、どんなにひどい扱いをされても、長い年月想った記憶はそう簡単には昇華しきれない。

「初恋だったのに。ばかあ……っ」

三つめの缶チューハイを全部、飲み干した。それをテーブルの上に置き、自分の膝の上に突っ伏す。

「……初めて好きになった人だったの」

高野先生の、合いの手が聞こえなくなった。

「初めて付き合った人、で……」

なにもかもが、全部、直樹さんが初めてだった。デートも、キスも、その先も。

二股の上、天秤にかけられて要らない方にされたのに、まだ好きなのかと言われたらそうではない。だけど、すべてに思い入れが深すぎた。

思い出が、多すぎた。

「あんな、綺麗な女の人になれてたら、よかったのかな」

さすがに、酔いが回って、悪口が結局泣き言になっていく。

綺麗な人だった。私にはない、色っぽさのある人だった。うれしそうに笑顔を交わす直樹さんと彼女の姿が目の前をちらついて消えない。

くらくらして、ソファの上で三角座りをして顔を伏せていると、ぎしりと揺れた。

隣に人が座った気配がする。丸くなった体を、両腕を回して温かく抱き込まれた。

「やめて、ください」

縋りつきそうになって、かろうじて理性が働く。

「やめない」

一層、腕の力が強くなる。がっしりと腕が私の頭を抱え込んで、耳元で「顔上げて」と囁かれた。

おずおずと、それでも言われるがまま顔を上げると、すぐ間近に彼の目があった。アルコールの匂いがする。心臓がどきどきしているのが、酔っているせいなのかそうではないのか、私には判断がつかなかった。

「後藤さんは、かわいい」

その言葉をあの人の口から聞かなくなって、どれくらい経っただろう。信じられなくて顔を横に振ると、唇に柔らかいものが触れた。

「嘘じゃない。かわいい」

唇が触れあうだけのキスは、咎める間もなく一瞬で離れる。

「好きな男を想って、こんなに泣けるところもかわいい」

「もう、好きじゃない」

そこは看過できなくて咄嗟《とっさ》に頭を振った。けれど、それならこの涙の言い訳がたたないだろうか。これがなんの涙なのか私にもわからず、それ以上説明もできない。

「もうやだ……なんで、泣けてくるの」

「別におかしいことじゃない。理屈で整理できることばかりじゃないだろう。素直に感情が顔に出て、いつもかわいいと思ってた」

泣いてる相手に対して、かわいいかわいいと連呼するのはどうなんだろう。だけど、かわいそうにと慰められるよりは、惨めにならずに済む。

彼が目を細めて、それからまた近付き私は反射的に目を閉じる。今度は、その両方の瞼に順にキスされた。

「かわいいよ。俺にはずっと、そう見えてた」

私を閉じ込めていた腕が解けて、両手で頬を包まれる。吐息が触れる距離で、真っすぐに私を見つめる目に囚われた。

頭がぼうっとするのは、泣きすぎたせいなのか酔いのせいなのか、それとも彼の目に射抜かれているせいなのか。

どうして、さっきから彼は私にキスをするんだろう。

毅然《きぜん》として拒否するのが正解のはずなのに、私はそれができなかった。今も、キスの予感を感じているのに。

親指が、ゆっくりと私の下唇を撫でる。内側を撫でる感触がくすぐったくて、思わず唇を開いてしまうと、その隙を彼は見逃さなかった。

「んっ……」

深く塞がれたかと思ったら、濡れた舌が歯の間をくぐって口内まで入り込む。

きゅっと肩を竦めて、身体が固くなる。後ろに下がろうにも、顔を両手でしっかり掴まれたままで動けなかった。

久しぶりのキスの感触は、息苦しさを感じるほどに情熱的だった。このキスの相手が高野先生だということに、感情は戸惑う。

今の私に、温もりという毒は素早く全身に回ってしまう。上顎を撫でられて、固くなっていた体の力は抜けた。絡みあう舌に翻弄されて、じんと頭の芯が溶けてくる。じゅる、と啜るような音と共に、舌を吸われ彼の口の中に迎え入れられると、先を歯で甘噛みされる。

背筋がぞくぞくとして、私はついに彼のシャツを握りしめてキスに応えた。

私も彼も、酔っているのは確かだった。ただ、それがお酒になのかキスになのか、わからない。

舌を絡ませ、こぼれた唾液を舐《な》められまた唇に戻り、それを繰り返すうちに気が付けば覆いかぶさる彼の身体を支えきれなくなっていた。

優しい手つきで、乱されていく。

目を閉じていれば、キスと彼の手の温もりが心の中までしみ込んで、とろりと甘い蜜の気配が漂う空気に溺れる。

「は、ぁ……」

ソファがぎしりと軋《きし》んだ。顔を横に向ければ、革張りのひやりとした感触が頬に触れる。首筋から開けた服の中へ、丁寧にキスが施された。

吸いつき、愛しむように唇を擦り寄せ、熱い吐息が触れる。肌から身体の中へ愛情を吹き込まれているような錯覚に陥った。

目を閉じてその錯覚に、溺れたままでいたかった。

頭の片隅によぎる小さな葛藤も、無理やり理性を繋ぎ止め手繰り寄せればできないこともなかったのに。

下着の中に入り込む指先の、優しい愛撫《あいぶ》を甘受する。自分の唇から漏れる甘やかな声が、どこか遠くの出来事のようだった。

それを呼び覚まさせたのは、他でもない、彼だった。

「後藤さん」

じっとりと汗ばんだ身体が密着している。熱の籠った声に耳元で囁かれたのは名字で、こんな睦言《むつごと》をしている時に聞く人の声でもない。そのことに、ハッと現実に引き戻された。
目を見開くと、私を組み敷く人の切なげな顔が目の前にある。
見つめ合って、息が止まった。
どうして、こんなことになったのだろう。この人は、直樹さんの後輩で、今までは
ほとんど話したこともなかったのに。
この部屋に連れて来られた時に、少しの予想はしていた。こういうことになるかも
しれないって。だけど、ひとりになるのが怖かった。彼の優しさに甘えたかったのだ。
「ふっ……うっ……」
涙腺が壊れてしまったようにぶわりと涙があふれ出た。唇からは嗚咽が漏れる。彼
はそんな私を咎めることなく、優しい手で私の額にかかる髪をかき上げた。
「いくらでも、泣いていい」
目尻の涙は、唇で拭われる。瞼を再び閉じた私だったが、とんとんと指で軽く叩か
れて開いてしまう。
「だけど、誰に抱かれているかは、間違えないでくれ」
違う。間違えたり、していない。
だけど〝誰〟なのかを認識しないようにしていた。

目を閉じさせてはもらえず、現実と向き合ったまま――私は深く、彼を受け入れた。

身体と一緒に、心の奥まで揺さぶられる。どれだけ泣いても彼は咎めないし、宥めもしない。ただ、決して離してもくれなかった。

かわいい。

泣いていいよ。

ほら、こんなに色っぽい。

俺には、めちゃくちゃかわいく見える。

身体に与えられる快感と一緒に、囁かれる甘い言葉が私の心を慰めて包み込んで、夜に沈んでいく。

混じり合って互いの熱を分け合って、考えることを放棄して、ただただ溺れて喘《あえ》ぐようになった頃。

不意に彼の動きが緩やかになり、私は陶然としたまま彼を見る。

「手を繋いでいい？」

私に覆いかぶさって、額をこつんとぶつけたままで彼がそんなささやかな願いを言った。揺らされていた身体も止まって、私はぱちぱちと瞬きをする。涙がまたひとつ、目尻からころりと流れた。

「……いい？」

もう一度尋ねながら、彼がシーツに押し付けた私の手のひらを、指先で強請《ねだ》るように撫でた。

「……うん。いい、よ」

その瞬間に手のひらが合わさって、指を絡めて握られる。

ふっと浮かんだ優しい笑みが、忘れられないこの夜の中で一番、心に強く残るものになった。

後朝の後悔と断捨離

夢で、私は泥の中にいた。

この泥がとてつもなく温かくて肌に滑らかに触れて、心地よい。だけど、さっきから前髪をくすぐるのはなんだろう。

「……んん」

こそばゆくて、それから逃げるように目の前の温もりにしがみつく。すると、ごくりと息を呑んだ。私ではなく、私がしがみついている人が。

「後藤さん。ちょっと、朝からあんまりかわいいことをされると……」

その声に、ぱちっと目が覚めた。しがみついていた身体を離すように腕をつっぱり顔を上げる。

「た、高野せんせ……」

「ん。おはよ」

寝起きで、少し乱れた髪が額にかかっている。首を傾げて微笑むさまが、壮絶に艶っぽかった。固まる私に、彼はお構いなしに覆いかぶさってくる。

「あ、ちょ、まっ……」

つっぱっていた手は役に立たず、あっさりと彼につかまりシーツに押し付けられた。

額や鼻の先、頬とキスをされ最後に唇を塞がれる。

舌が入り込み浅く絡ませ合った後、下唇を啄《ついば》んですぐに離れた。

「……朝から抱いていいなら、このまま続けるけど」

そのセリフに、キスで陶然としかけていた意識が急速に戻ってくる。

「ダ、ダメ」

慌てて首を振った。もちろん、酔いも覚めて冷静になった今いろんな意味でダメだけれど、物理的にダメだ。

昨夜は、今まで知らないくらいに乱された。ソファの後、寝室まで抱き上げて運ばれて、そこでも抱かれた。何回とかもうわからないくらいで、最後は気絶するように眠ったのだと思う。だって覚えてないから。

おかげさまで、今、下半身がひどく重怠い。筋肉痛にもなっているのか、ちょっと身じろぎをしただけで太腿《ふともも》やお尻も痛い。

「残念。身体、大丈夫か」

「……平気です」

下半身が辛いです、とは恥ずかしくてとても言えない。

だけど、ある程度は察していたのだろう。彼は、私の頭を優しく撫でた後、上から退いてくれた。掛け布団がめくれあがりそうになって、慌ててかき寄せる。寝転がったまま、高野先生の広い背中を見上げた。

細身だと思っていたけれど、綺麗な筋肉のラインが見えて案外鍛えているのだと知る。彼は髪をかき上げながら、ベッドの脇に置いてあるローボードに手を伸ばした。スマホで時間を確認したらしい。彼が振り向いて、また目が合ってどきりとした。

大きな手が私の前髪をかきまぜ、くしゃくしゃと音がする。それから立ち上がった彼が素っ裸なのに気が付いて、慌てて布団の中に潜った。

だって、上だけならまだしも下も穿《は》いてなかったので。

「まだ寝ててもいい」

ぽん、と布団の上から軽く叩かれた感覚があり、少ししてから部屋のドアが開く音が聞こえた。

布団から顔だけ出すと、もう彼の姿は見えなくてドアがちょうど閉まるところだった。

「……はい」

小さく返事をした声は当然、もう聞こえていない。

どうしよう。いくら、このまま寝ていていいと言っても、さすがに図々しい気がする。今は何時で、私のスマホはどこだろう。多分、バッグの中に入れっぱなしだ。そのバッグは、リビングに置いたままかもしれない。

取りに行かなくてはと思うのだが、まだとてもじゃないが身体が動きそうになかった。おそらく彼は、今日も勤務日だろう。だとすると今シャワーを浴びていて、上がったらまたこの部屋に来て出勤の身支度をするはずだ。

脱いだ服の場所も探さないといけないが、素っ裸でうろうろして見られるのは避けたい。なら、彼がシャワーを終える前に探さないと。

すぐに出ていけるように身支度をして、高野先生がシャワーから出たら誠心誠意謝って、昨夜のことはどうか気にしないでと伝えなければ。

慰めてくれた先生が、気に病まないように——ああ、だけど、わざわざ言うほどでもない？　言ったら逆に、気にさせてしまうだろうか。

頭も身体も重たくて起動しない中、申し訳なさと後悔が押し寄せてくる。きっと彼も酔っていて、あまりにも泣く私を放っておけなかったんだろう。

「……ごめんなさい」

唇を噛んで、きつく目を瞑《つむ》る。自分の失恋に彼を巻き込んでしまったことに、ひどく後悔した。

布団にくるまって考えているうちに、また深く寝入ってしまっていたらしい。

「……さん。後藤さん」

軽く肩を揺らされて、ゆっくりと目を開ける。

「仕事だから行く。起きたら、家の中のどこでも自由に使ってもらっていいから」

そう言いながら、高野先生が私の頬を撫でていた。寝起きで反応の鈍い私に彼は苦笑いをして、目元にキスをする。

「行ってくる。話がしたいし、俺が帰るまでいてくれたらいいけど、ちょっと何時になるかわからない。後藤さんの都合のいいようにして」

──まるで、恋人にするみたいに優しいキスだ。

ぼんやりと考えている間に高野先生はまた寝室を出て行った。

しん、と静かになった寝室で、ゆっくりと起き上がる。

「いたた」

腰がピキピキと軋んで、一旦蹲《うずくま》った。この痛みが、昨夜の出来事が現実だと改めて私に教えてくれている。

直樹さんが、他の女性と付き合っていたこと。高野先生が、心配してずっとついていてくれたこと。それから——。

思い出すのは、怖いくらいに情熱的なキスと愛撫と、ひたすら私を甘やかす優しい言葉。

「やって、しまった……なあ」

きっと、高野先生はずっと前から知っていたのだ。以前、駅で待ちぼうけしていた時に声をかけて送ってくれたのも、多分そのためだった。

そんな風に気遣ってくれていた人に、なんてことをさせてしまったのだろう。

あの店で直樹さんと出くわした時からの記憶が、あやふやだ。店を出る時に直樹さんと言い争いになって、その時のお互いの言葉ははっきりと覚えている。

だけどその前後、特に後の方は途中の記憶が飛んでいるのだ。多分、泣き過ぎていたり呆然としている間に歩かされたりしていて、記憶に残っていない。

このマンションに着いてからは、さらに飲んで確か「ヤケ酒だ」という流れになって、飲みながらたくさん話を聞いてもらった気がする。

本当に、迷惑しかかけていない。どうかせめて、記憶にない部分で私が泣いて迫ったりしていなければいいなと願う。

ただ、あれほど苦しくて仕方なかった心が、今は少し楽になっている。申し訳ないけれど、一晩中慰めてくれた彼のおかげだと思った。

せめてこれ以上、煩わせないようにしなければ。

「……よし。起きて帰ろう」

今度こそ、痛みをこらえて起き上がった。

部屋を見渡せば、私が昨日着ていた服と下着がベッドの足元に畳んでおいてある。もちろん、やってくれたのは高野先生だろう。

昨夜から今朝の出来事だけでもう、恥ずかしくて死にたい。

身体は少しベタベタするけれど、迷った末にそのまま着た。いくら好きに使っていいと言われても、シャワーを借りるのは気が引けたからだ。

バッグもいつのまに持ってきてくれたのか、ローボードの上に置いてあった。中を覗くとスマホもちゃんと入っている。

誰かから連絡が来ていないか、確認しなくてはならない。もしかしたら、直樹さんから来ている可能性もあると思った。

あったとしても、決していい内容ではないだろうけれど。

若干緊張しながらスマホを手に取り、一度深呼吸をして画面をタップする。メッセージアプリの通知を開くと、クーポンの通知がいくつか入っていただけだった。

直樹さんからは、なにもない。あの時未読だった私のメッセージに既読は付いていたけれど、それだけだ。

ホッと気が抜けた半面、ひどく虚しい気持ちにも襲われる。メッセージアプリを閉じて、無理やり思考回路をシャットアウトした。もうこれ以上考えると、心が疲弊する。考えたって現実は変わらないのだから。

画面左上の時計表示を見ると、朝の八時になろうとしていた。高野先生はさっき出て行ったところだ。仕事に間に合っていればいいのだが、もしも私のせいで寝坊させて遅刻になってしまったら、どうしよう。

いや、それよりも、彼は当然今日も直樹さんと顔を合わせるはずだが……大丈夫なのだろうか。

昨夜のことで、直樹さんが突っかかったりしなければいいのだけれど。揉め事になったりしないか、それが心配だった。

ベッドの体裁を整えて、寝室を出る。あまりうろうろしてはいけないと思いつつ、顔だけでも洗わせてもらいたくて、洗面所を探した。

幸い、廊下の向かいのドアを開けてみるとすぐに見つかった。顔を洗おうと洗面台に近寄って、鏡に映る自分の顔に絶句する。

「う、うわ……」

瞼が真っ赤になって、ぽってりと重たくなっていた。二重の線もまったく見えない。すっぴんどころかひどい状態だった。

え、まさか、昨夜も途中からずっとこんな顔？　嘘でしょ？

瞼周辺を指で軽く擦るとヒリヒリと痛んだ。だけど、よくよく見ればアイメイクだとかは綺麗になくなっている。泣き過ぎて全部流れたのだろうか。

それにしても、この顔を、一晩中彼に見られたのか。しかも、あんなに近い距離で。知りたくなかった事実に気が付いて血の気が引き、それから昨夜のことが思い出されて徐々に身体と顔が熱くなる。

高野先生の顔が、すぐ目の前にあった。睫毛《まつげ》の長さもわかるくらいに近い距離で、何度も何度も囁かれた。

――かわいいって。

いや、かわいくないでしょ、と今なら全力で言うし顔を隠して絶対見せられない。

それにしてもあれだけ泣いていたのだから当たり前なのに、昨夜の私はまったく気付かなかった。それだけ、正常ではなかったということだ。

「はあ……」

ため息をつき、洗面台に手を乗せたままその場にへたり込む。

――次、どんな顔をして会えばいいんだろう。

ふとそんな考えが頭に浮かんで、一瞬後に苦笑した。もう、会う機会などまずない。高野先生とは、元々、直樹さん経由での知り合いだ。彼とはもう会わないと決めたし彼もきっと同じように考えている。そうなると、もうあの病院関係で呼ばれることはないだろう。

サチとは個人的に友人になったから会えるけれど、高野先生とはそういう関係ではなかった。

――一夜の、過ち。

人の体験談や小説なんかじゃよくあっても、あまり現実味のないものだった。物語の中だからうまくいくんだろうなと思っていたけれど、その通りだ。

冷静になったら現実の苦さを思い知る。

彼は直樹さんから私をかばってくれたけれど、直樹さんがいなければなんの繋がりもない人なのだから。

最低限の身支度だけ整える。それから、夕べ飲み散らかしたのではないかと気になって、一応リビングを確認しにいった。

「わっ……」

明るい陽射しの差し込むリビングは、広々としていてモデルルームのようにコーディネートされていた。大きな窓から見える景色から、結構な高い階にあるような気がする。ここまであまりあちこちは見ないようにしていたけれど、寝室も洗面台のある脱衣所も一般的なマンションよりずっと綺麗で広いなあと思っていたのだ。

夕べは酔っていたし周囲のことまで気にすることができなくて、わからなかった。

「片付いてる……というよりは、生活感がない感じ？」

忙しい人なんだろうな。医者は肉体労働だと言って、直樹さんだってずっと忙しそうだったし……まあ、彼の場合この春からの多忙はあの女性のためだったのだろうけど。

ズキンと胸が痛くなって、慌てて直樹さんのことは思考の外に追い出した。ともかく、大病院の外科医だ。高野先生は、優秀で将来を期待されている人だというのはサチから昔に聞いた気がする。

きっと毎日が忙しくて、家で過ごす時間が少ないのだろう。

ぴかぴかの床を恐々歩いて、ソファに近付く。昨夜飲んでいたのはここだったはずだが、周辺を見渡しても綺麗だった。ソファの上でなにがあったかを思い出し、そこだけは直視せずにキッチンの方へ向かう。

キッチンは対面式になっており、ここもとても綺麗だった。料理をしていれば、IH周辺をここまでピカピカにしておくのは余程余裕がないと難しい。

「料理なんてする余裕はないんだろうな……あ」

壁側は作りつけの食器棚とその横が作業台のようなスペースになっていた。作業台の上にエスプレッソマシンがあり、そばにカップとシリアルバーが並んでいる。そして、キーホルダーもなにもついていない鍵と走り書きのメモがあった。

【こんなものしかなくて悪い。帰るならこの鍵使って】

キッチンの流し台を覗き込むと、ビールとチューハイの缶が置かれている。慌てて片付けて出勤したんだろう。

もう一度メモに視線を戻す。そんなに慌てていたのに、目が覚めた私のために朝食になりそうなものを探してくれたのか。

「ふふ……」

私にはいつも不愛想に見えていたのに、たった一日で随分彼の印象が変わった。あまりに人が好すぎる。

　コーヒーとシリアルバーをいただいた後、カップと空き缶を綺麗に洗っておいた。部屋を出る前、彼の残した置手紙の余白に、鍵はポストから中に入れておくと書いて一度そこでペンを止める。

【すみませんでした。ありがとう】

　悩んだ末に、そのふたつだけを書き残した。

　マンションを出て一番近い駅をスマホのマップで表示し、そのままナビに従って歩く。大通りから外れているだけで、駅からそれほど遠いわけではなかったらしい。

　地理的に、駅を挟んで向こう側に勤め先の病院がある。車で行くほどの距離でもないから、徒歩か自転車を使って通っているのかなとそこまで考えて、あることを思い出した。

　……あの日、彼は電車に乗って私を送ってくれた。どの駅までか聞いてもはっきりとは教えてくれず、同じ方面だからと言って私と同じ電車に乗ったのだ。

「……本当に、お人好しな人」

　そもそも、電車に乗る必要もなかったということではないか。

　駅までの道のりを歩きながら、昨日彼に手を引かれてこの道を歩いていたのだなと思い出す。

後悔はある。だけど、ひとりにしないでくれたことに、私は確かに救われていた。

特になにもすることがない休日は、ただぼんやりとしているうちに過ぎてしまう。直樹さんからの連絡を待つということがなければ、随分と精神的に自由だ。

——私ばかりが合わせて来たから。もうそんな必要もないんだと思えば、悪いことではない。

そうやって自分に言い聞かせ、気持ちを切り替えようとする。休日で助かったと思う。やはりふとした時に考え込んでしまうのは自分でコントロールできなくて、この状態で普段通りに仕事ができたか自信がない。

翌日の日曜、コーヒーを淹《い》れようとしておそろいのカップを見つけ、迂《う》闊《かつ》にも鼻の奥がツンとして咄嗟にポンと手を打った。

「そうだ。断捨離しよう」

ドット柄の青いカップを目にした途端、それを使っていた直樹さんの姿が記憶の中から引きずり出されてきたからだ。

服を買った時の大きめのショップバッグを出してきて、そこに青のカップを入れる。

それからちょっと考えて、結局片割れで私が使っていたオレンジの方も捨てることにした。引き出しを開けてペアの箸も一緒に入れる。

ペアではないカップにコーヒーを入れて、テレビ前にあるローテーブルの上に置くとすぐに部屋中を確認してまわることにした。思い立ったが吉日だ。

ワンルームマンションだからそれほど広くないし、収納も少ない。直樹さんの置いていったものを集めるのに、一時間もかからなかった。

彼がここに泊まる時に使っていたルームウェアや、ひげそりと歯ブラシ、あと着替えの服が何枚か出てきた。丸めてポイッとしてしまいたいが、陶器もあるし分別してちまちま捨てていくしかない。

それから、まるで過去を掘り起こすみたいに色々なものを見つけた。クリスマスに買ってくれたお財布や誕生日のネックレス、それらはあまりにも思い出がはっきりとしていて、少しずつ彼の熱が冷めていたことに改めて気付かされる。

去年の誕生日は、忘れられていて。忙しいから仕方がないと思っていたけれど、間に合わせのように用意してくれたプレゼントの腕時計は、かわいらしいけれど私の好みとは違ったものだった。

その日、彼の部屋に行った時、置いてあった雑誌の通信販売の広告ページでまったく同じものを見た。その時は、忙しいんだなくらいにしか思わなかったけれど……よくよく思い出せば、最初の頃は忙しくても、ちゃんと私の話を聞いて好みのリサーチをしてくれていた。

ネット販売のものだったからとかじゃなくて、忘れられていたからとかでもなくて。適当に形だけで済まそうとされた、それが寂しかったのだと今は思う。

気持ちの整理が伴うからだろうけれど、別れるって結構面倒な作業なんだな……。

私にとっては直樹さんが初めて付き合った人なのだから、当然別れるのもこれが初めてだ。これをひとつひとつ片付けるごとに、気持ちはすっきりするものなのだろうか。

「……まさか、わざわざ取りに来たりはしないよね」

彼が残していったビンテージものだとかいうデニムを手に少し悩んだが、まさかあんな別れ方になった女のところに来やしないだろうとやっぱりショップバッグの中に入れた。

断捨離を終えたその夜、サチにはちゃんと説明しておかなければいけないだろうと、直樹さんと別れたことをメッセージで知らせた。

すると、速攻で電話がかかってくる。

《どういうことよ⁉》

通話に切り替えた途端、大きな声で問われて思わずスマホを遠ざけた。声からも、彼女の怒りが伝わってくる。

「うん、金曜の夜に、別れた」

《だから！　なんでって！　聞いてるの！》

凄《すご》い剣幕に気圧された。私のことでこんなにも怒ってくれる人なのだ。言えば間違いなく直樹さんに悪感情を抱くだろう。言うべきか迷ったが、直樹さんが私と別れたことで安心して彼女との仲を人に話せば、サチの耳にも自然と届く。

だとしたら、病院で知って混乱するよりは早めに説明した方がいい。

「なんか、付き合うことになった女性がいるみたいで」

二股だとかその辺のことは敢《あ》えて説明しなかった。しかし、電話の向こうでサチが数秒黙り込んだ後《もしかして》と小さな声で呟く。

「サチ？」

《いや。それ、付き合う女が誰か聞いた？》

「えっと、春に転職してきた看護師さん？」

直樹さんから聞いた情報ではないものを、うっかり話してしまった。高野先生とのことまではサチに話すつもりはなく、慎重に話をしなければいけないのに。

《……なにそれっ……やっぱりあいつ》

スマホから聞こえるサチの声が震えて、さらにいつもよりワントーン低く聞こえる。

「誰のことかわかるの？」

大きな病院だから、たとえ看護師同士でも所属科が違えば顔も知らないなんてことも少なくない。だが、サチはどうやら相手に見当がついているらしい。

《伊東先生の幼馴染っていう女のことじゃないの？　病院でも噂《うわさ》になりかけてて、私みたいに雅の存在知ってる人間は、なんか気分悪くて……あんまりその噂が広まるようなら伊東先生に直接聞きにいこうと思ってたんだけど……》

よほど腹が立ったのか最初は早口でまくし立て、語尾はなにか言いづらそうに弱くなる。それから《ごめん》と小さく聞こえてきた。

「サチ？　なんで謝るの？」

《いや……なんか、怪しいなとは思ってたの。早くに雅に教えてあげた方がよかった》

後悔の滲む声で、サチが言う。

「そんなことないよ。心配してくれてたでしょ、ずっと。ありがとう」

その言葉は嘘じゃない。この間会った時も、直樹さんの話になるとサチの様子がどことなくおかしかった。機嫌が悪いように見えたのは、あの女性のことを私に言うべきかどうかで悩んでいたのだと思う。

彼女が黙っていたのはきっと、それがまだ不確かな情報に過ぎなかったからだ。

それにしても、病院内でも噂になるほどふたりは仲睦まじい様子を周囲に見せていたらしい。それにもかかわらず、私になにも言おうとせずにあの対応……フェイドアウトを狙っていたのではと疑ってしまう。

彼の冷たさに耐えかねて、私から離れていくように仕向けられていた気がする。

――これが、直樹さんの本性？

《あ！　ごめん、また電話する。今休憩中で……そろそろ戻らないと》

サチの言葉に我に返って、慌てて「またね」と言って通話を切る。ぽんとラグの上にスマホを放り出し、その横に寝転がった。

込み上げてくるのは、怒り、だろうか。かっと頭に血が上るようなそんなものではなくて、ひたひたと心の中が冷たい水に浸されていくような感覚。

他に好きな人ができたのなら、それはもう仕方がない。ならばなぜ、私に正直に話してくれなかったのか。

言ってくれればすんなりと別れたか、というと断言はできないけれど、きっと泣いたに決まっているけれど。

それでも、話してほしかった。彼の口から、ちゃんと別れを聞きたかった。そうしたら、最初は悲しくてもちゃんと別れを受け入れた。受け入れるよう、気持ちの整理をつけるよう努力したと思う。

言葉を尽くしてさえくれたら——直樹さんにとっては、それすら面倒なほど私を鬱陶しく思っていたのだろうか。

「……サイテー」

両手で顔を覆って、宙に向かって吐き捨てた。

幼馴染と再会して、もしかしたら初恋だったりする可能性もある。初恋というものが、どれだけ特別なものであるか、私自身よくわかっているつもりだ。

だけどその綺麗な思い出まで、全部汚された。私の中で、大好きだった直樹さんの姿が、ノイズがかかったようにかすんでいった。

暫定恋人

あの夜から一週間、平日の仕事には特に影響なく過ごせた。寧ろ、仕事をしている方がなにも考えなくて済んだから楽だったように思う。

ただ、食事の量だけはいつもより格段に減っていた。ひとりでいると、まったく食欲が湧かないのだ。

最初の二日ほどは気にせず、お腹が空いたらそのうち食べられるだろうと楽観的に構えていた。昼食は仕事の仲間と行くので、それほど量の多くないものをかろうじて食べることができていたからだ。

ところが三日過ぎても食欲は戻らず、昼食も段々と苦しくなった。さすがに仕事中に倒れてはまずいと、食べやすそうなものを物色する。

どうにか食べる気になれたのは、コンビニの総菜コーナーにあるスープ類だ。野菜がたっぷり入っていて、レンジで温めるだけで本格的なスープができあがる。

種類も豊富で、肉団子や春雨なんかも入って栄養はあるし、野菜もしっかり柔らかくなっているから胃にも優しい。

しかし、金曜日にとうとう稲盛さんに言われてしまった。

「後藤さん、ちょっと痩せた？」

彼女とは、仕事のデスクが隣同士だ。一番顔を合わせる彼女の目は、ごまかせなかったらしい。それでもあまり心配されないように、冗談ぽく話を持っていく。

「そうですか？　ちょっとダイエットしてたから」

「なんで急に？　元々細いじゃない。あんまり無理なダイエットしたら病気になるよ？」

心配そうに眉をひそめて、私の顔を覗き込む。数日食べられない程度だったが、ほとんど口に入れられなくて確かに少し体重は減った。顔に一番体重の変化が表れたから、稲盛さんにもわかってしまったんだろう。

「まあ、ちょっと……食欲ない時期で。ダイエットはついでみたいな感じです。また食欲戻ったら体重も戻りますよ」

なんでもないように笑って、パソコン画面に視線を戻す。身体の不調があるわけじゃないし、ただ食欲がないだけだ。

だけど、あまり心配をかけるのもよくない。

――サチが都合のいい日に、遊びに誘おうかな。

きっかけはわかりきっている。サチには、折り返し電話があった時にいくらか聞いてもらい、彼女が怒ってくれて少しすっきりしたけれど会えてはいなかった。

気分転換にまたスポーツジムでも行って発散したら、食欲も戻ってくるかもしれない。

カタカタカタ、とキーボードの上で指を動かしながら、つい考えごとをする。入力内容はそれほど難しい内容ではないから、指が勝手に動いてくれる。

――かといって、もう話し尽くしたし。これ以上、この件で話をしようものなら、ただの悪口になる気がするのよね。

それでは自分の鬱憤を晴らしたいだけのようで、サチを付き合わせるのも悪い。だけどそんなことを思っていたと後から彼女が知れば『友達なのに』と怒られそうだ。

今夜あたり、メッセージを送ってみようかと思いちらりとスマホを見た、ばっちりのタイミングでアプリのポップアップ通知が画面に現れた。しかも送信者がサチになっている。

【やっほー。さっちゃん郵便でーす】

「さっちゃん郵便？」

ひとつめはよくわからないそんなひとこと。わからないけれど少しかわいらしくて、首を傾げているとふたつめ、三つめと続けざまにメッセージが届く。

【ある人からのお手紙をお届けします。続く】

【後藤さんに、会いたい】

——ん？

サチは、私のことを名字ではなく下の名前で呼ぶ。いったい誰から？と不思議に思っている間にまたひとつポンっとメッセージの吹き出しが上がった。

【本当は、すぐに連絡したかったんだけど、なかなか信頼が得られなくて】

——信頼？　誰が、誰の？

【会って、ちゃんと話がしたい】

どくん、と心臓が大きな音を立てる。それから、とくとくと早鐘を打つように鼓動が高鳴った。

【メッセージでも電話でもいいから連絡が欲しい】

そのメッセージの後に、スマホの電話帳から引っ張ってきたのだろう連絡先のデータが表示される。

そこには『高野大哉《ひろや》』という名前と携帯番号、メッセージアプリのＩＤまで記載された。

【以上！　高野先生からのお手紙でした～！　私から雅の番号伝えとこうか？】

そのメッセージのすぐ後にニヤニヤ笑うクマのスタンプが送られてくる。

かああっと顔が熱くなった。

どういうこと。なんでサチが、高野先生からの伝言を送ってくるの？　そりゃ同じ病院だし彼女は病棟の看護師だけど、それほど仲がいいという印象ではなかった。

サチの送ってきたニヤニヤスタンプの意味が気になる。もしかして、高野先生、あの夜のことをしゃべった？

「後藤さん？　どうかした？　今度は顔真っ赤なんだけど……」

「えっ！　いえ、大丈夫です！」

まったく問題ありません！

そう意味を込めてぶんぶん手を横に振る。だけど、顔が赤くなっているのは見えなくても自覚はあって、これ以上見られないように稲盛さん側の頬に片手を当てた。

顔を隠しながら頬杖をつき、スマホ画面に視線を落とす。

え、えええ……高野先生……？　どうして？

どうして会いたいと言われているんだろう。なにか、部屋に忘れ物でもした？　いや、ちゃんと確認してから出たしそれはない。

ど、どうしたらいいんだろう。

もう関わることのない人だと思っていた。だから、余計に、彼が連絡を欲しがっているということの意味を意識してしまう。

結局私は、サチへの返事を数十分遅れてから【自分で連絡します】と送り、高野先生へはとりあえず仕事が終わって落ち着いてからにしようと、頭の中を仕事へシフトチェンジした。

金曜の夜……思えば、ちょうどあれから一週間が経つのだ。

就業後、ロッカールームで帰り支度を整え、ロッカーを背中にその場にしゃがみ込んで私はスマホとにらめっこしていた。

「高野先生、大哉っていうんだ……」

サチから送られてきた連絡先をとりあえず登録してその画面を眺める。下の名前までは知らなかったから、ついしみじみと口にした。

いや、眺めている場合ではなくて、連絡をしなければならないのだ。スマホ画面に向けた私の人差し指は、ぷるぷる震えていた。

「……電話すればいいの？　いや、でも高野先生の勤務時間なんてわからないし……」

もしもまだ仕事中だったら迷惑だ。まずはやっぱり、メッセージから送るべきだろう。だけど内容は？　なんて送ればいい？

入力しては消し、を何度も何度も繰り返しているうちに、十分以上の時間が経った。そしてできた文章が、たったこれだけ。

【後藤雅です。サチから連絡先を受け取りました】

……素っ気なさすぎる。

それはわかっているのだけれど、あれこれと聞きたいことを文章にすると、なんだかやたらと長くなっていったのだ。

会いたいとは……どういう意味で？　話があるとは、どういう？

あの夜のことに、変に責任を感じてしまっているのなら、会うべきではないと思う。だけど、本当はそんな意味などないのに〝会うべきではない〟という内容の文章を入れれば、余計に気にさせてしまう。

誤解のないようにと文章を打てば、段々と長くなりできあがると変に言い訳ばかりのグダグダの内容になっていて、結局無駄を省くとたった一行に収まってしまったというわけだ。

「……やっぱり、もうちょっとなんか足した方がいい？」

迷ってばかりで頭の中がぐるぐるする。悩んでいてもしょうがないと、思い切って送信ボタンをタップしてしばらくは、心臓がどきどきして止まらなかった。

数分間、じっとメッセージアプリを見ていたが、すぐには既読が付かなかった。どきどきが収まるまで待っても変わらず未読のままで、なんとなく拍子抜けする。

そりゃ、仕事中なら既読になるわけない。なったとしても返事はずっと後だろうし。

「……帰ろ」

メッセージひとつ送るだけで、なんだかとてもエネルギーを使った気がする。このまま会社にいても仕方ないので、スマホをバッグの中に放り込んだ。

手に持っていたら、ずっと気になってしまいそうだった。

帰路の間に連絡はなく、いつも通りに電車に乗ってコンビニに寄ってからワンルームの我が家に帰る。やっぱり食欲はないままで、夕食より先にシャワーを浴びた。コンビニで買った春菊の春雨スープを温めそれを食べ終えた時、バッグの中から微かな着信音を耳が拾う。

【お疲れ様】

画面に表示された名前を見て、心が騒ぎ出す。すぐさま、私も返信をした。

【お疲れ様です】

送ってから、後悔をした。オウム返しのような素っ気ない内容なのに、まるで待ち構えていたみたいに数秒もかからず返信してしまったことが、なんだか恥ずかしい。

だけど、高野先生の返信も早かった。

【電話してもいい？】

「えっ」

ダメなことはない。寧ろ、メッセージよりも電話の方が、用件を済ませる場合には手っ取り早くて好きな方だ。そもそも、彼も話したいことがあるからサチに仲介してもらった様子だった。

……でも、緊張する。

迷っているうちに、待ちきれなくなったのか彼の方から通話着信があった。

「わっ、ど、どう、どうしよ」

もちろん出る、そのつもりだが、ちょっと心の準備くらいしたかった！

止まない振動と着信メロディに、焦ってスマホを取り落としそうになる。気持ちを落ち着けてからと深呼吸をしつつも、次には着信が止まってしまったらと結局焦り、指が急いで画面を操作した。

「……は、はい。後藤です」

耳にスマホをあて、出た第一声は擦《かす》れた上に震えている。

《ごめん、夜に》

一週間ぶりに聞く、高野先生の声だった。

「いえ、あの、大丈夫……起きてました」

緊張しすぎていっぱいいっぱいで、馬鹿なことを言った。まだ二十時になったところだ、大抵の大人は起きている。案の定、スマホの向こうで高野先生が返答に困ったのか、微妙な間が空いた。

《……そうだな。寝てたらちょっと驚く……あ、元々早く寝る方？》

「いえ、全然です。まだ二十時でしたね、先にお風呂入ったりしたから時間の感覚が」

慌てて嘘でもないが本当でもない言い訳をすると、高野先生のふっと笑ったような息遣いが聞こえた。

《よかった、起こしたわけじゃないなら》

耳に心地よい声だ。優しく気遣う言葉に、どうしようもなく胸の奥がくすぐったくて、少し苦しい。この感情は、なんなのだろう。

「大丈夫です。……連絡あるかなって、待ってたので」

素直な言葉がぽろりと出る。今日、さっちゃん郵便が届いてから、ずっとそわそわしていた。彼にメッセージを送ってからは、気にしないようにするのが大変だった。
《後藤さんは、明日は休み？》
「あ、いえ。土曜は隔週出勤なんです。先週は休みだったので、明日は出勤で」
《そうか、じゃああんまり長くしゃべらない方がいいな》
「平気ですよ？　サチとか、一度話し始めると一時間くらいになる時があって」
あんまり遠慮されるのも申し訳ない。そう思って言ったのだが、ふと首を傾げる。
話がしたい、と言っていたけれど、そんなに長時間かかる話なのか。いったい、なにを言われるのだろう。
怖い気持ちと少しの緊張を孕《はら》んで、私はラグの上で正座をして彼の話を待つ。
《今日は、夕方外来が落ち着いてから内視鏡の勉強会があって》
「勉強会、ですか」
《メーカーから新しいのが導入されるから、営業が説明しに来てたんだよ。それで遅くなった》
「先生、外科なのに内視鏡もするんですか？」
《するよ。切除術とかある場合だけど、内科医と協力してやる時もあるし、術前検査で必要な時もあるし》

内視鏡というと胃カメラがすぐに思い浮かんで、次に胃潰瘍だとか内科系の病名を連想する。そのせいか、てっきり内科医ばかりなのかと思っていた。

直樹さんからはあまり仕事の話を聞いたことがなくて、些細なことでも嫌がらずに教えてくれる高野先生が新鮮だった。

《勉強会がなかったら、食事に誘える時間に連絡できたんだけど》

「あ……そうですね、食事には、少し遅いかも」

そう答えながらも、心臓がまたトクトクと早鐘を打ち始める。

食事に誘いたいと思ってくれるらしい。いや、でも、話とやらのついで？　というか……。

《その営業に内視鏡部長と一緒に捕まりそうになって、逃げてきた。飲みの誘いがしつこくて》

「あ、接待？」

《そんなようなもん。昔はもっと、医療機器メーカーの接待ってあからさまだったらしいけど》

「そうなんですか」

《今は時代も変わってきてるしな》

　さっきから、ずっと緊張したまま待っているのだが、肝心の話が始まる様子がない。普通の雑談が続くばかりだ。
《どうせ飲むなら、接待より美味しく飲める相手と飲みたい》
「わかります。仕事相手より、やっぱり友達とかと飲む方が楽しいし美味しいですよね」
《後藤さんは酒好きだからいつでも美味しいだろ》
「そっ、その通りですけどやっぱり飲む時は楽しい相手がいいですよ！」
先週ですっかり酒好きがバレたのを思い出し、恥ずかしくなって早口で反論する。
《俺は、後藤さんが相手だと一番美味しく飲めるけど》
　――本当に、ただの雑談がしたかっただけ？
「からかわないでください」
私が言うと電話の向こうで彼が笑う。
高野先生のイメージが、先週からどんどん変わっていく。そもそも、こんな冗談を交えた会話をする人だと思っていなかった。
《からかってるわけじゃないんだけどな。……ところで、後藤さん》
「は、はい！」

やっと雑談から話が変わるのかと、無意識に背筋が伸びる。
《こないだ送った時に、後藤さんが降りた駅まで来てるんだけど……》
まったく予想外だった高野先生の言葉に、一瞬頭がフリーズする。それから、ぱっと窓の方へ目を向けた。
このマンションは駅が近くて一本道だから、窓から目を凝らせば見えるのだ。
《ごめん、迷惑だろうけどできれば今日中に一度会いたくて》
「ど、どこですか！　駅の改札出たとこ？」
《タクシー乗り場。そこから右？　左？　外でいいから、顔だけでも見せてくれないか》
スマホを耳にあてたまま、慌てて窓に近寄る。カーテンを開け、ガラス越しでは見えづらく窓も開けた。
駅の方角へ目を凝らしてみても、さすがに暗くてわからない。
「あの、駅前の道を左です。でも、ちょっと待ってて」
《ここで？》
「すぐ行きますから！　五分、いえ十分ください！」
窓を閉め、高野先生にそれだけ言うと通話を切った。風呂上りのルームウェアで外に出るわけにはいかず、慌ててキャミソールにカーディガンを羽織り、下は緩めのワイドパンツに着替えた。

洗面所の鏡の前に行くと、前髪をピンで留めて額全開の私が映っている。お風呂上りに、肌の手入れをした時のままだった。

「ああ、もう、すっぴんなのはしょうがないとして……」

ピンを外してみたら、癖がついてピンの型が残ったままだ。しかたなく、ただの黒ピンではなくビーズの花飾りがついたピンに変えて留めなおした。

スマホと家の鍵を持って、慌ててマンションを飛び出す。駅の方角に走っていくと、すぐに背の高い男の人がこちらに歩いてくるのが見えた。

高野先生だ。

「先生！」

距離が近付くにつれ、夜道でも顔がわかるようになってはっきりと目が合った。彼は少し目を見開いて、駆け寄った私の二の腕を軽く掴み道の端へ誘導する。

「そんなに走らなくてもいいのに。俺が勝手に来たんだから」

「いえ、でも……」

そういえば、どうしてこんなに急いだのか。胸を押さえて、弾む息を整えながら考える。少し落ち着いてから顔を上げれば、彼が私を見下ろしていて視線が合うと目元がふっと和らいだ。

「かわいい」

「え」

突然言われて顔が赤くなる。高野先生の手が顔に近付いて、どこに触れるのかと思えば全開になっている額だった。

額を指でとんと叩いてから、前髪に触れる。

——あ。ピンのことか。

「ありがとうございます。お気に入りで」

勘違いして赤くなって、恥ずかしい。だけど、それにしてもこの人は気軽に「かわいい」という言葉を口に出しすぎなのだ。

先週の夜から、もう何度聞いただろう。数えておけばよかった。

そう考えたが、すぐにそんなことは不可能だったと気が付く。夜、乱されていた間もずっと、囁かれていたのだから。

慌てて俯き、視線から逃げる。とてもじゃないが、目を合わせては平常心で話せそうになかった。

ギュッと目を閉じ、余計な感情や記憶を遠ざけて気持ちを落ち着かせる。それから
もう一度顔を上げた。

「あ、あの。こんなとこまで来てもらって、ごめんなさい。その……ありがとう」

「いや、俺が会いたくて来ただけだし。寧ろ、出てきてくれてありがとう？」

疑問形のお礼で返されて、思わず笑う。

「もうちょっと早く来たかったんだけどな、こっちから話がしたいとか言っておきな
がら、申し訳ない」

「私は待ってただけだし……あ、もしかして、お夕食もまだですか？」

彼の話の様子からして、勉強会が終わってすぐに来てくれたのではないかと感じた。

尋ねると、案の定だ。

「ああ、後で弁当でも買って帰ろうかと思って……それか、もしこの辺りに店でも
あったら付き合ってくれる？」

「はい、それはもちろん……」

普通なら夕食なんてとっくに過ぎている時間だ。空腹よりも、私のところへ来るこ
とを優先したのだろうと思うと、申し訳ない。

「えっと、でもこっち方面にはちょっと飲食店がなくて。駅の方に戻るか、それ

か……」

もしも、彼の話が先週のことなら、あまり人に聞かれたくない。店だと話しづらくなるならと、思いつきを口にする。

「もしよかったらそこのコンビニでお弁当を買って、うちで食べるというのも……その方が、その、話がしやすいと」

言いながら、容易く男の人を家に入れるのかという葛藤とそんな風に先生に思われたくないという気持ちが浮かんでくる。しかし、彼の家には先週お世話になっているのだ、ここで私の家に入れるのは嫌だとも言えない。

迷いが出たせいで最後は語尾が弱弱しくなる。

高野先生は、私の表情をジッと見た後、なぜか少しはにかむように笑った。

「いいのか？」

「えっ？」

「また、襲うかもしれないけど」

一瞬、息を呑んで絶句する。

その言葉を、私はどう受け止めたらいいのかわからなかったからだ。あまりにもうれしそうな彼の真意が、見えない。

冗談で聞き流してしまえばいい？　だけど、今の私の感情でそれは難しかった。

「あ、あの……」

「うん」

彼はまだ、にこにこと笑っている。

「すみませんが、駅まで行きましょう。美味しい定食屋さんご紹介します」

後ずさりながら私がそう言うと、彼の微笑みは〝しまった〟とでもいうように焦りを滲ませた。

「いや！　嘘だ、ごめん！　大体、今日後藤さんに会いに来てることは永井さんも察してるはずだし、なにかあったら彼女が黙ってない」

「……ほんとに？」

「……ごめん。質の悪い冗談だった。後藤さんがいいと言うまで、二度と触れない」

悔いるように眉根を寄せ、首の後ろをかく。それから、バツが悪そうに目を逸らした。

「……いいと言ってもらえるまで、触れない」

それではまるで、私が『触れていい』と言うのを、待つという意味に聞こえる。

――だから、そういう、誤解するようなことを言わないでほしいのに。

結局私は、またなにも言えなくて黙ったまま顔を赤くする。夜道で、暗くてよかった。きっと、顔色までは見えないだろう。

するど、沈黙を私が機嫌を悪くした証拠のように彼は感じたらしい。

「……ほんとに、ごめん。ちょっと浮かれてる」

「……浮かれてる？」

浮かれる要素があっただろうか。

わからなくて同じ言葉で聞き返す。しかし、彼はそれには笑って首を振っただけだった。

「どこかに公園はある？」

突然、話が変わる。驚きつつも、すぐ近くに公園があるので頷くと、彼は言った。

「なにか買って、そこで話そう。その方がいい」

私には馴染みのコンビニにふたりで行き、彼は結局コーヒーだけ、私は少し冷えてきたので、缶のコーンクリームスープを買った。いや、買ってもらった。

「デザートみたいなものはよかったのか？」

「はい、お腹は空いてなくて……高野先生は、コーヒーだけでよかったんですか？」

「俺も、そこまで減ってないから」

「そうですか？」

だけど、さっきはどこかで食べたいと言っていたのに？

疑問が顔に出ていたのだろう。彼はちらりと私を見た後、いたずらっぽく笑って言った。

「さっきは、食事がしたいと言えば一緒にいられる時間が増えると思った」

驚いてポカンと彼を見上げる。顔が見たい、会いたいと言われただけでも驚いているのに、そんな言葉を言われたら、どんな表情をすればいいかわからない。反応に困っていると、ジッと私を見ていた彼がふいっと前へ向き直る。

「公園はもうすぐ？」

「あ、はい。もうちょっとです」

話が逸れたことに心の中でそっと安堵《あんど》して、私も前を向いた。

少し歩いて、住宅街の真ん中にある小さな公園に辿《たど》り着く。滑り台や砂場、ブランコが並ぶどこにでもある公園だが、ここには遅咲きの桜の木がある。

開花宣言の基準になるソメイヨシノに比べて満開の時期がずっと遅いので、今ならまだ咲いているかもと思ったのだが。

「残念。ちょっと、満開時期は過ぎてしまったみたいです」

「八重桜か?」

「はい。詳しい品種まではわからないんですけど……ちょっと葉っぱが出てきちゃってますね」

それでも、大振りの枝いっぱいにまだ花はたくさんついている。緩やかな風で枝が揺れるたび、ひらひらと薄桃色の花びらが散っていた。

「充分綺麗だ。花見ができるとは思わなかったな」

「私も、夜桜をこんなふうにゆっくり眺めるのは何年かぶりです」

一本だけの桜の木だが、街灯と月に照らされてとても美しい。木の真下ではなく、少し離れた場所にあるベンチにふたりで腰かける。

私は缶のスープで手を温めながら桜を見ていた。夜の空気はひんやりとして肌寒いし、どうせ温かいものを飲むならと少しでも栄養のありそうなものを選んだが、やっぱり口に入りそうにない。

そういえば、社会人になる年の花見を、直樹さんと一緒に行ったことを思い出した。

あの頃は、優しかったのだが……なにが、変わったんだろう。

人の気持ちが不変だなどと思ったことはないけれど、今となっては人間性まで違って見える。

ぼんやりと散る花びらを目で追った。さすがにもう涙は出ないが、感傷的な気分になるのは否めない。

「少し痩せた？」

考えごとをしていたせいか、突然話しかけられてハッとする。

「さっきから、気になってた」

「……ちょっとだけ。でも大丈夫です」

「本当に？　ちゃんと食べてるか？」

言いながら彼の手が伸びてくる。きっとその仕草に他意はないのに、私はついその手を見たまま身構えてしまう。視線に気付いた彼は、困ったように笑って膝の上に置いた。

「……そんなに面変わりしましたか？」

稲盛さんに続いて、そんなに会うわけでもない高野先生にまで言われたらよっぽどなのかとさすがの私も心配になる。自分では気付いていないだけなのだろうか？

頬に両手をあててふにふにと感触を確かめる。手のひらにあたる柔らかさは、減ったような気もするが、自分ではよくわからない。

しかし、彼の目は相変わらず心配の色を隠さない。

「少し痩せたようには見えたけど、それよりもわかってるつもりだから、心配になる」

「なにをですか？」

聞き返すと、彼は一度逡巡していたが、ゆっくりと言葉を選んだ。

「すぐに割り切れるような気持ちじゃなかっただろう。そんな性格でもない。だから余計に心配になる」

まるで、私のことをよくわかっていると言いたげだ。いや、明らかにそういう意味だろう。

「……そんなことはないです」

軽く彼を睨んで言った。

「あんな扱われ方して、目の前で他の女性を連れられて、それでも彼がまだ好きだなんて思いません」

それだけは、ない。ただ、どうしても悲しい気持ちが消えないだけだ。

諦めなければ、なんて思考回路が働いて、そのこと自体にも苦しくなる。諦めるなんて言えばまるで未練があるようだし、私が諦めるまでもなく、直樹さんは幼馴染の彼女を選んでいたのだから。

なにをどう考えても苦しい。だから考えないようにしているのに、胸の奥で黒い火が燻《くすぶ》っている。それがおそらく、食欲不振の原因だ。

「後藤さんが、今でも伊東先生に未練があると言いたいわけじゃない」

「当たり前です」

「でも、思い出は急に消えてはくれないだろう」

そんなことはない。綺麗に全部忘れる。すぐにそう答えられればよかった。けれど、口は開いたものの言葉が出ないまま、絶句する。

高野先生の言う通りだったから。

今、たとえば直樹さんが〝やっぱり別れたくない〟と言いだしても、私は戻らない。戻りたいとも思えない。

だけど、過去は違った。

――あの頃は、まだ優しかった。

――あの頃は、楽しかった。

ずっと欠片《かけら》も疑うことなく信じてきて、そんな自分が見てきた思い出はとても綺麗だった。今の直樹さんには繋がらない。

消えない思い出がわだかまって、心の中が重くて苦しい。どうして、そんな私に高野先生は気付くのだろう。

彼の言葉は弱った私の心に触れて、あっさりとその箍《たが》を外した。

「……ごはんが、食べられないんです」

のろのろと弱音を吐いてしまう。

「まったく？　ひとくちも？」

「コンビニのスープは食べられます。お野菜とかたくさん入ってるやつ。だから、そのうちもとに戻るとは思うんですけど。ふらついたりもしないし、身体がしんどいわけでもないから」

「うん、焦らなくていい。精神的なものだろうし、無理して詰め込むよりはゆっくりいこう。体調を見てひどくなるようなら、点滴をした方がいいかもしれないが」

彼の手が、また私に近付こうとして途中で止まる。変な意味で触れようとしているのではないとそれはちゃんと伝わっているので、小さく頷くとホッとしたように彼は両手でがっつり触ってくる。その触り方には、違う意味で戸惑った。

「あ、あの？」

「暗くてよく見えないけど、若干貧血があるな」

親指で目の下を軽く押さえて、なにをしているのかと思ったら下瞼の中を見ていたらしい。それから、手のひらや指で耳の下あたりを軽く押さえる。

あ、これって診察だ、と少しして気が付いた。医者としての医療行為だ。そこに特別な意味はないとわかっていても、食欲がないと言っただけでこんな風に心配してもらえると、自分がとても甘やかされている感覚になる。

もしかしたら、気のせいではないのかもしれない。

「……高野先生は、私のことが嫌いなのかなって思ってました」

両頬を彼に包まれたまま、真っすぐに見上げてそう言うと、彼はとても驚いた顔をした。

「なんで？」

「だって、同じ集まりの場所にいても他の人とはよく話してるのに、私とは全然、目も合わないことが多かったから」

なんとなく、避けられているのかなと思っていた。

初めて会ったのは確か、直樹さんに連れられて行った医大生の飲み会で、そこに高野先生がいた。何度かそういう集まりに同行して彼とも顔見知りになったのに、いつからかあまり目も合わなくなったからだ。

「嫌い、とまではいかなくても、苦手な人認定されてるのかなって、思って」

そして、今もまた。私の顔を掴んだままではあるけれど、目だけが不自然に他所へ向けられる。

それから「ごめん」と小さな声で彼が謝った。

「わざと、近寄らないようにしてた」

「わざと?」

それってやっぱり、私のことが苦手だったということか。地味に落ち込みそうになっていると、彼がはあっと大きなため息を吐く。

直後、逸らしていた目を戻し、私の目を見て言った。

「伊東先生を一生懸命、うれしそうに追いかけてる君を好きになったから、近寄らないようにしてた」

高野先生の目は覚悟を決めたように、もう恥ずかしがることも逸らされることもない。

「えっ……え、いつ」

「そうだな、後藤さんの言う、目が合わなくなった頃から?」

「結構前ですよっ?」

驚いて、思わず声のトーンが上がる。

「……最初は、一途ないい子だなと思う程度だったんだ。本当に真っすぐ、伊東先生のことしか見てなくて、呼ばれたらうれしそうに駆け寄っていくとこが子犬みたいで」

――子犬。子犬って。

「あ、だから私のこと忠犬扱い……」

「いや、あれはちょっと嫌味だった。伊東先生しか目に入ってないのが、なんか腹立って」

「嫌味」

高野先生に、嫌味を言われていた。だけど、嫌われていたわけではなくて、寧ろ逆だった……？

実感が湧かなくて、呆然としながら聞いていた。だけど、段々と頬が熱くなってくる。しかも頬には依然彼の手があって、これではさすがに熱が伝わってしまうのではと思った。

思えば思うほど、顔は火照っていくのだけれど。

高野先生が目を細め、それから手をそっと頬から離す。だけど視線は少しも逸れず、私を見つめていた。

「……つまり、俺はずっと見てた。君が伊東先生をどれだけ想っていたかも知っている。だから、どんなに思い出に浸ろうが引きずろうが、俺はそばにいる」

その言葉に、嘘はないと感じ取れた。同時に、心の中にあった靄《もや》が淡く薄れていくような感覚になる。

ざ、と風の音がした。ひらひらと薄桃の小さな花びらが散る。

「思い出を全部、上書きしてやる。だから、俺を好きにならないか」

恋に誘うように、手を差し伸べられた。大きな手が、私の返事を待っている。あまりにも私に甘すぎる、優しすぎる告白だった。

「そんな、曖昧な気持ちでもいいんですか」

「いい。上書きが全部終わる頃には好きにさせてみせるよ」

強気な言葉は、彼の自信の表れだろうか。その頃には、私が高野先生を好きになっていると、まるで私まで信じさせる強さだった。だけどそれが自信過剰に見えないのは、彼の言葉に確かに私が救われているからだ。

ひら、ひら。

また風にのって、花びらが舞い降りてくる。小さな一枚が、彼の前髪に止まる。

その花びらに倣《なら》うように、私は差し出された手のひらに私の手を乗せた。

「今日、ひとつ上書きされました」

初めて、男の人とふたりで夜のお花見をした。数年前の記憶を、高野先生の強い眼差しと言葉が塗り替えていく。

「私、先生を好きになりたい」

そう言った途端、彼のもう片方の手が私の背中にまわる。包み込むように抱き寄せられて、目に滲んだ涙を隠すようにその胸に顔をうずめた。

思い出全部、上書きされたら、きっとこの切なさはなくなってくれるのだろう。

思わぬ知らせ

公園を出てから、高野先生は私を家まで送ると言ってついてきてくれた。公園からはわずか五分くらいの距離だ。

玄関のドアを開けた状態で、彼と話をしている。部屋が丸見えになっていて、散らかしてなくてよかったと内心で安堵する。少しだけでも寄っていってもらえればいいのだが、彼も明日が早いので今日はもう帰ると言った。うちに入ってもらうのは、また後日の上書きとなった。

「ごめんなさい、こんなところまで来てもらって」

それがなにより申し訳ない。だけど、彼は私とは違う考え方のようだ。

「会いたかったから来た。後藤さんもよく、伊東先生に会いたくて出向いていただろう」

「それはそうだけど……私は大抵定時で終われるから、身動きとりやすいし」

「たとえそうでも、普通は逆だからな。女を何時間も平気で外で待たせる方が嫌なんだよ、普通は。むかつくからまずはそこを一番に上書きしてやる」

そう言った高野先生は、本当に怒った表情をしている。まあ、自分たちがあまり一般的でなかったことは、私も自覚があった。

彼の言い分もわかる。だけど、ちょっとでもたくさん一緒にいたい、という気持ちの表れでもあったのだ。

「じゃあ……私から高野先生に早く会いたいからって、前みたいに駅で待ったらダメですか？」

比べるわけではないけれど、直樹さんはそうすると機嫌がよかったのだ。高野先生は、どうなのだろう。

答えを待っていると、彼は少し考えた後。

「……正直言うと、そんな風に言われるとやっぱりうれしいな」

やっぱりそういうものなんじゃないか。

「だからって外で待ちぼうけするくらいなら、これ持ってて」

「えっ？」

これ、となにかを渡そうとしてきて、私は咄嗟に両手で受ける。ころん、と手のひらに転がったのは、キーホルダーのついてない鍵だった。

「あ。先週借りたやつ……」

あの日、走り書きのメモと一緒に置いていてくれていた鍵だ。部屋を出た後、ポストの入り口から中へと滑らせて返した鍵。

「ま、待ってください。いくらなんでも合い鍵まで受け取れない……」

付き合うと決めたばかりだ。しかも『先生を好きになりたい』なんて曖昧な気持ちで、いわば暫定恋人のような存在に合い鍵まで渡したらいけない。

この人の危機管理はどうなっているのだろうとちょっと心配になりつつ、慌てて彼に返そうとするけれど、高野先生は手を出してくれない。

「あの時、持っててもらうつもりで置いといたんだ。そうしたら、返してもらうのにまた会う口実ができると思って」

「え」

「なのに慌てて出たから、連絡先を書くのは忘れるし、帰ってみたらちゃんと鍵は返されてるし」

いやだって、あの状況では早めに帰って鍵はちゃんとわかりやすいように返却しておくのが当たり前だ。

だけど彼は、あの日の後、もっと早くに今日のような話をするつもりでいてくれたらしい。「持ってて」と、鍵を持つ手の上から彼の大きな手にギュッと握られ、返却は諦める。

その後、高野先生が若干疲れた顔をして、続けて言った。

「正直言うと、この一週間結構焦ってた。繋いでもらおうと永井さんに声かけたら、『私の友達をどうするつもりだ』ってえらく詰め寄られて信用してもらうのに時間くって」

「あっ！　サチ！　そういえば、サチには、その、全部話した……？」

彼女がどこまで事情を知っているのか、確かめなくてはいけない。心配をかけた分、もちろん私からちゃんと説明するつもりではあるけれど、言わない方がいいかもしれない部分もあるわけで……彼女と話をする時、高野先生が話したことと食い違ったらいけない。

つまり、言わない方がいいかもしれない部分というのは、夜にあったことだけれど。いくらフラれた直後だからってなにをやってるの、と私が怒られるのはいいが、高野先生へサチの怒りが向くことになってはいけない。

私の言いたいことを、先生もわかったようだ。

「……俺の気持ち含め、あの日あったことは全部話した。夜のこと、以外は」

夜のこと、という部分は、少し声を潜めて、内緒話をするように彼が腰を屈める。

「後藤さんが、友達に知られるのは嫌かもしれないと思って。言っていいなら俺から話す」

「ダ、ダメ！」

慌てて止めた。別に知られたくないわけではない。いや、説明するのは怖いし恥ずかしいけれど。

高野先生から話したら、サチの性格を考えると一回殴らせろとか言いそうだ。先生は先生で、自分が悪いように説明しそうな気もする。

「……私から全部、話します。話したら先生にも言うね」

「わかった。……じゃあ」

明日はふたりとも仕事だ。彼には早く帰って休んでもらわないと、と思うのに、その時間が迫ると不意に寂しくなった。

そのわずかな名残惜しさを、彼に悟られたのだろうか。彼の指が頬に触れる。顎のラインを辿って、そっと上向かされた。

「おやすみのキスは、してもいい？」

見上げた先に、彼の綺麗に整った顔がある。切れ長の目は、黒い瞳と合わせていつも、どこかキツそうでひんやりとして見えた。

だけど不思議と、今はその黒が優しい色に感じられる。しっとりと温かく包んでくれる、夜の色だった。

その目に見とれていると、彼が困ったように眉尻を下げる。

「嫌か」

「え、あ……嫌じゃない、です」

ハッとして、赤くなる。見とれていたとはとても言えない。うれしそうに目が細くなって、直後静かに唇が重なった。

啄むだけの優しいキスを三度繰り返し、その間ずっと顎に触れた指が肌を撫で摩《さす》っている。それがとても、くすぐったい。

「ん……先生、くすぐったい」

普通に言うつもりだったのに、自分でもわかるくらいに甘ったるい声が出た。ほうっと熱い吐息がふたり分、混じり合う。直後、ギュッと頭を抱きかかえられた。

「……その、先生っていうの。こういう時に呼ばれると、ちょっと変な気になるな」

「え」

「次までに、別の呼び方考えといて」

ぽん、と頭のてっぺんに手が乗った。それから「おやすみ」ともう一度、今度は額に口づけられる。

「おやすみなさい」

「ちゃんと鍵かけてな」

見送ろうと思ったのに、彼は私を中に押し込めて玄関ドアを閉めた。言われた通りにカシャンと鍵をかけると、それでやっと彼の靴音が遠ざかっていくのが聞こえる。その音が消えてから、私も部屋の奥へ走り窓に近寄った。カーテンを開けると、駅の方へ歩いていく背の高い後姿が見える。

——高野先生が、私の恋人。

遠くなっていく背中が見えなくなるまで、私は窓に張り付いていた。


私の食欲はその後、すぐにもとには戻らないものの気は随分と楽になった。自分の思い込みでかかっていた心の負担が減ったのだと思う。思い出を無理に消そうと思ったり厭《いと》わなくてもいいのだと、高野先生が教えてくれた。必ず上書きすると言ってくれたからだろう。

土曜日は、朝はヨーグルトだけだったし昼も夜も量は少ないけれど、なんとか三食は摂れた。

サチには考えた末、結局あったことそのまま話すと決め、日曜の夕方に病院近くのカフェで待ち合わせた。

中途半端な時間なので私はアイスティーだけ注文したが、彼女はこれから夜勤だとかでがっつりオムライス定食を食べている。

「ごめんね、もっとゆっくり話せる日にしといたらよかったね」

「いいのよ、私が早く知りたいって言ったんだし。でないと気になって仕事に集中できないし。これでもほんとに心配してたんだからね？」

サチは、女性と一緒にいた直樹さんを見てその後冷たい言葉でフラれた私を放っておけなくて、自宅でヤケ酒に付き合ったと高野先生から聞いていたらしい。

その時に、怪しいとは思ったらしく、それで私の番号を教えるのをしばらく躊躇していたようだ。

たくさんの心配をかけてしまった。私は一度背筋を伸ばして、深々と頭を下げた。

「本当にご心配をおかけしました」

「まったくだわ。それにしても高野先生も手が早すぎてびっくりだけどね」

オムライスを全部食べ終えた彼女は呆れた表情を浮かべると、セットのアイスコーヒーにガムシロップとミルクを入れて、ストローでくるくるとかき混ぜる。

私は慌てて言った。

「高野先生は、悪くないから」

「悪くはなくても手が早いのは本当じゃない」

「うっ……」

確かに、その日の事情だけを切り取れば、その通りなのだが。

「まあでも、積年の思いは聞かされたから……それ考えれば……仕方ないのか？」

眉根を寄せて彼女が言ったセリフに、私は気恥ずかしくなってアイスティーのストローを咥える。

私と連絡を取るためにサチを説得したと、高野先生から聞いてはいた。だけどまさか、何年も前からという彼の気持ちまで話していたとは思わなかった。

サチが頬杖をついて、ニヤニヤ笑いながら私を見る。

「ま、よかったじゃない」

「……うん。いまだになんだか、信じられない。あ、高野先生の気持ちを信じてないとかじゃなくて、現実味がないっていうか」

高野先生は、今まで意識したことはなかったけれど、改めて見るととてもカッコいい。背丈だって以前から高そうだなとは思っていたが、間近で見上げると首が痛くなったくらいだ。

性格だって、どちらかといえば固そうな印象があるくらいで、不誠実な雰囲気はまったくない。それは同じ病院で働いて日頃から彼を知っているサチが見てもそう感じるらしい。

「いくらでも選び放題だと思うのに、どうして何年も私など……」

「ねー。先輩の彼女なんて普通、好きになっても不毛じゃない？」

そんなにも好意を寄せてくれていたなんて、聞かされるまでまったくわからなかった。見た目は特別美人でもなく、頭が特別いいわけでもなく、全方位どこから見ても普通の私なのに。

「あ、でも、ちょっとわかる気もするわ」

「え？」

「雅、おいで～って呼んだ時のあんたって、すっごくかわいい顔で寄ってくるのよね。ワンコみたいに」

「……それっぽいこと、なんか高野先生にも言われた……」

「あれ、友達の私でもキュンとくる。よーしよしよしって撫でてやりたくなるのよ」

「それ、彼女でも友達でもなくペットじゃない？」

そんなに私は犬っぽいのか。喜んでいいのか悲しんでいいのかわからない。

「で、その高野先生は今日は？」

「うん、昨日の夜遅くに緊急オペがあったらしくて。今日はお休みだけど家で寝てるみたい」

「ふうん。高野先生、今、部長に気に入られてるからねー。ことあるごとに呼ばれるのかも」

「そうなんだ……」

「まあ、それで実は伊東先生とちょっと険悪なのよね」

「えっ？」

びっくりして、アイスティーをストローでかき混ぜていた手が止まった。

「うち、結構有名な血管外科の先生がいて、その人が外科の本部長やってるんだけどね。前は伊東先生がお気に入りだったのに、もうここ一年くらいかな？　高野先生ばっかり助手に呼ぶようになっちゃって、伊東先生が一方的に高野先生を敵視してんのよ。高野先生は全然、誰に対しても態度変えないけどね」

「知らなかった……」

「気持ちはわかるのよ。高野先生が来るまでは、伊東先生が外科での一番の有望株だったからね。それが、いつのまにか立場が逆転しちゃったから。複雑なバイパス手術に入っても、ペースも正確さも本部長と引けを取らないって。だから手術の助手にいつも一番に指名して、引っ張り回すくらいにお気に入りなのよ」

直樹さんは、全然そういった病院関係の話をしなかった。医大の後輩だし、それなりにいい関係なのだと思っていたのだが……だけど、仕事のことが絡むと先輩後輩だからこそややこしいのかもしれない。

私とのことで、余計に直樹さんから目をつけられなければいいのだけれど。

私の中で、直樹さんは面倒見のいいお兄さんタイプの人だと思っていたから、とても意外なことだった。

「ま、仕事に本気であればこそ、競争心とか劣等感とか生まれて当然だしね。その点、高野先生はクール……だと思ってたんだけどなあ。恋の方で拗《こじ》らせてたかあ……」

サチのニヤニヤ笑いが復活して、私はまたアイスティーを飲む仕草でごまかした。


「じゃ、そろそろ行くわー」

「うん、お仕事頑張って」

レジで精算して店を出て、病院へ向かう彼女を見送ろうとしていると、スマホの着信音がバッグから響いて来る。

確認すると、高野先生からだった。

「わあ。見計らったようなタイミング……」

サチが頬を引きつらせて笑っている。

「今日、夕方サチと会うって約束してるの、知ってたからだよ」

「うん、だから夜勤の看護師が出勤する時間を計算してかけてきたんでしょ。あんたが家に帰っちゃう前に」

あ、そうか。なるほど……。

「じゃ、お邪魔虫はお仕事行きまーす」

いちいちからかわれては赤くなる私を置いて、サチは仕事に向かった。私は、高野先生のマンションのある方へ足を向けながら、スマホの画面をタップする。

私だって、もし帰るより先に高野先生が目を覚ますようだったら、会いたいなと思っていた。

《もしもし。後藤さん?》

「はい。先生、起きられたんですね」

《結構前にね。そろそろ永井さんと別れる時間かなと思って》

やっぱり、サチが言った通りに見計らっていたようだ。

「はい、今カフェを出て別れたとこです」

《なにか食った？　よかったら、飯でも行くかなと思って》

「いえ、私は食べてなくて……あ」

話しながら歩いていると、前方から私と同じようにスマホを耳にあてて歩いてくる人がいる。高野先生だ。

彼もすぐに私に気が付いて、スマホの通話を切った。

「歩いてきといてよかった」

「出てきてくれてたんですね」

「ああ、食欲、あれからどうなったか心配で。実は、中華粥《ちゅうかがゆ》の専門店が近くにあって、それなら食えるんじゃないかと思ったから」

「……中華粥！」

思わず、身を乗り出して聞き返した。

「そんな専門店があるんですか」

元々、お鍋の後にする雑炊が大好きだ。小さい土鍋を買ってあり、夕食や休日の昼食にお粥や雑炊を作る時もある。サチに言えば『風邪でもないのにお粥食べるの？』と不思議そうにされたけれど。

数日前まではお粥もあまり口に入らなかったが、今日は気分がいい。今ならきっと食べられそうな気がする。

私が、よほど目を輝かせていたのだろう。高野先生はちょっと驚いた顔をして、それからくっと喉を鳴らして笑った。

「そんなに興味あるもんか？　中華粥って」

「あります。私、お粥とか雑炊とか大好きで……以前、中華屋さんで食べたお粥が、今まで食べたことのない味のお粥ですごく感動したことがあって」

「じゃあ、決まり。行こう」

すっと手を取られて、当たり前のように繋いで歩く。まだ少し慣れないが、その分心臓がとくとくと高鳴った。

「あ、でも、先生は？　お粥じゃ足りなくないですか？」

「点心とかもメニューにあったから大丈夫だろ。この駅周辺はさ、実は結構隠れた名店があって……」

店まで歩く途中、彼がいろんなお店を教えてくれた。私も結構うろついている方だったので知っているつもりだったけれど、それ以上にたくさんある。

食べられるようになったら行こうと言って、彼がリストアップして順位付けしていた。私を連れていきたいお店がたくさんあるらしい。

彼が案内してくれたお店の中華粥は、本当に美味しかった。大きな鉢にたっぷり入っていて、残念ながら食べきることはできなかったけれど、先生が半分引き受けてくれた。

「小籠包《しょうろんぽう》もうまかった……あんまり行かなかったけど中華もたまにはいいな」

「本当に美味しかったです……たっぷり食べました」

帰り道、いっぱいになったお腹を抱えてゆっくりと散歩のペースで歩く。この後のことを考えてしまう。

不意に、繋いでいる手を高野先生が持ち上げた。

「先生？」

「ん……そろそろ帰さないとな」

どうやら、その手首にある腕時計を見ていたらしい。中華粥の店でたくさんしゃべりながら食べていたから、結構時間は過ぎていただろう。

「今、何時ですか？」

「八時過ぎてる」

遅いわけではないが、どこかに寄ると深夜になる可能性がある微妙な時間だ。でも、ここで帰宅するには少し寂しく感じた。

高野先生の目が、ちらりと彼を見上げる私を見る。彼の目も、私と同じことを感じているような気がした。

駅が近付き、どちらからともなく口数が少なくなる。あともう少しで、という時だ。

「こっち」

くん、と繋いだ手を引っ張られる。少し薄暗い路地で、ひとりならば通るのをためらうような場所だ。入ってすぐ、隅に身を寄せれば大通りからの人の目は避けられる。

そこで、高野先生と向きあうようにして立ち止まった。彼の両手が私の背中に回り、腰のあたりで手を組み軽く抱き寄せられた。

「さすがに、駅前で堂々とキスはしづらいな」

そう言って、ふわりと私の唇にキスを落とす。

「先生……」

「それ、別の呼び方考えてって言ったのに。まだ決まらない？」

「う……」

確かに、先生呼びはどうもイケナイ香りがして、色々と私も考えた。

「高野さん？」

「どうせなら下の名前で」

そう。絶対、これを言われると思ったから、今日は躊躇したのだ。もちろん、下の名前も知っている。こないだ、サチが送ってくれた連絡先のデータにちゃんとフルネームで書かれてあった。

「伊東先生は『直樹さん』で、俺が名字なのは納得がいかない」

それを言われて、初めて気が付いた。確かに、それはもう変だ。直樹さんのことは〝伊東先生〟もしくは〝伊東さん〟に脳内も切り替えていかなくてはいけない。

「……これからは『伊東先生』って呼びます」

「いや、そっちはどうでもいいからこっちな」

真剣に言ったのに、伊東先生のことはどうでもいいらしい。ちゅっと音を立てて口づけられて、まるで催促をされているような気持ちになる。

「呼んでほしい。雅」

気持ち、ではなくてまさしく催促に間違いなかった。唇を擦り合わせてくすぐられ、私は観念する。

「……大哉さん」

そうしたら、彼はうれしそうに破顔した。

「俺は、雅って呼んでいい？」

「もう呼んでるじゃないですか」

気が抜けて、ふっと苦笑いをする。彼の会話はどうも、人を誘導するのがうまい。

それからくすくす笑いながら、電車の時間を二度遅らせて路地裏のキスは続けられた。

＊＊＊

彼は私に鍵を渡してくれたものの、互いの家に出入りするのはまだ敢えて避けているように思える。

私の推測だけれど、最初が衝動的な一夜だったから、二度目はちゃんと私の意思を確認してから、と決めているのではないだろうか。だから、そういうシチュエーションになる可能性を回避しているのだと思う。

忙しい人なのはわかっているから無理はしないでほしいのに、会えない日でも必ず一度は電話をくれる。

彼に言わせれば、私の仕事の時間はそう大きな変化はないので、逆に私に合わせて電話をするのは難しくない、それくらいの時間が取れないわけがないと言う。

つくづく、伊東先生に私は適当に見られていたのだと、今さらながらによくわかった。

電話をして、デートを繰り返して、小さな出来事ひとつひとつを大哉さんとのことに上書きをして、きっと私はいつか、そう遠くないうちに心から彼を好きと言える日が来る。ゆっくりと近付いていけばいいと、そう思っていた。

あることに、気が付くまでは。


大哉さんが一日予定の空く日曜日、ちゃんとしたデートをしようという話になり日程と待ち合わせ時間をスマホのスケジュールに登録しようとした。

「……あれ？」

ふと、気が付く。毎月必ずつくハートのマークが、まだどこにもない。

……どくん。

大きく心臓が音を立てた。

ハートマークは、私が必ずつけている生理開始日だ。きっちり二十八日周期の私は、時々一日二日の誤差はあるもののほとんど狂ったことがない。

最近は、ずっと金曜日に来ていた。

「……嘘、嘘。ちょっと待って」

さっと血の気が引いていく。スケジュールの画面を横にスライドさせて、先月の日を確認する。確かに金曜日にハートマークが付いていて、今の月に画面を戻すと何もない。

当然だ、ここしばらく生理は来ていないし……兆候もない。

だいたい、生理が始まる三日前くらいから腰や腹部が重くなって、痛みも伴う。ひどい時は、生理前から痛み止めを飲むくらいだ。

だから、ある意味わかりやすい。身体がしんどくなったら生理の合図になっていた。

だけどそれが、今もまったくない。

……予定日を過ぎて、もうすぐ一週間にもなるというのに。

「……どうしよう」

頭の中が、真っ白になる。まずどうすればいい？　なにを考えたらいい？

心臓の鼓動が速くて、それが邪魔でうまくものが考えられない。スケジュールアプリを何度もスライドさせて、先月と今月を行ったり来たりするが、何度見ても同じだ。

あるべき場所にハートマークがない。

——生理が、遅れる、可能性……って。

他に思い浮かばない。

下腹に手を当てる。今、思いつく可能性はひとつだった。伊東先生は、ありえない。最後にデートしたのは先月の生理の前だったし、その時も会っただけで〝そういうこと〟はしなかった。

だから、可能性は、ひとつ、いやひとりなのだ。

「……嘘でしょう?」

たった一度の、衝動的な夜。

一晩中慰めてくれた、あの夜しか、心当たりはなかった。

——妊娠、したかもしれない。

疑惑よりも、確信の方が強かった。ずっと安定していた生理周期が急に崩れ、しかも心当たりがあるのだから。

それでも、思考回路は一生懸命別の可能性を探そうとする。

生理と排卵日の間は何日くらいだっただろう。身体の関係があった日から、何日間くらいに受精の可能性がある？

そんな情報は、ネットで調べればすぐに出てくる。だけど、いくら考えても、無駄だった。だって、一カ月以上さかのぼっても関係を結んだのは大哉さんとの一度だけで、現状生理が来ていない。

生理が来ない以上、妊娠だとすれば、相手は大哉さんしかいなかった。

——とにかく、まずは確かめなければ。

平日の夜、もう店も閉まり始める時間帯だが、駅前のドラッグストアは深夜まで開いている。急いで向かい、二回用の妊娠検査薬をひと箱買った。

使うのはもちろん、手に取ることも初めてだ。

ラグに座り、ローテーブルの上で箱の中身を開ける。細長いスティック状のものが二本と、折りたたまれた取り扱い説明書が入っていた。

読んでみると、複雑なことはまったくない。寧ろ、本当にこんな簡単なことでわかるのかと思うくらいだった。

「あ……時期的には、まだちょっと早い……？」

説明書には、生理予定日を過ぎて一週間後から検査が可能だと書いてあった。気になって仕方ないからと夜にわざわざ外に買いに出たのに、まだ使えないなんて、結局落ち着かないままだ。

落ち着かない。どうしても、気になる。

――一週間過ぎてからの方が確実っていうだけで、ちょっとくらい早くてもわかるのでは……？

そんな風に思いついたら、もう我慢できなくて、私はふたつあるうちのひとつを使ってしまった。

結果はものの数分で出る。陰性だったが、それで安心できるものでもなかった。結局これでは〝今は陽性は出ていない〟ということしかわからない。

だけど身体がいつもと違うことは、感じている。初めに食べられなくなったのは精神的なものだと思うが、今も完全には戻らず食欲不振のままだ。それは関係あるのだろうか。

こんなに何日も生理が遅れてその兆しすらないのは、陽性であることの証拠のように思えた。

——どうしよう。

大哉さんに、相談する？　いや、本当に妊娠なら相談するべきだ。だけど信じてくれるだろうか。

あの夜だけだ。それに、途中からは私もよくわからなくなったけれど、一番最初彼はきっちりと避妊をしてくれていた。

眠ってしまうまで何度も抱かれたけれど、都度ちゃんと付け替えていたのも覚えている。

なのに、信じてくれる？　伊東先生との間ではありえないということも、説明したらわかってくれるだろうか？

どくん、と重く心臓が音を立てる。もしも信じてもらえなかったら。彼は、私をどんな目で見るだろうか。

伊東先生と私が付き合っていたのを承知の上で、彼は私を好きだと言ってくれた。だけどさすがに、妊娠は想定外のはずだった。たとえそれがどちらの子だったとしても。私がいくら、あなたしかありえないと言っても、証明のしようがない。

そういえば、そもそも、避妊ってどれくらいの成功率なんだろう。生理が遅れているなら排卵日が遅れていた可能性もある？　だとしたら……。

ぐるぐると結局、今は考えたところで答えの出ないことばかりを回っている。

頭を抱えてテーブルに突っ伏し、何度も深呼吸をした。

まず、ひとつひとつ、整理をしよう。現状できることは、もう一度、ちゃんと生理予定日から一週間過ぎてから検査薬を試すこと。今週の金曜日だ。

もしもそれまでに生理や、その兆候が見られたら安心だ。なかったら、検査をして陽性なら……大哉さんに相談する。伊東先生とのこともちゃんと説明する。

多分、それが一番、怖い。

大哉さんの存在が、私の中でとても大きくなっている。たった数週間で、私は彼を失うことを怖いと思うほどに、自分の気持ちが変化しているのだと気が付いた。

妊娠だとしたら、不思議とそのことは、怖くない。

「……そこにいるの？」

まだぺったんこの下腹を見下ろして呟いた。もしも信じてもらえなかったら、この子には母親しか存在しないことになる。

——金曜日まで、あと二日。

とにかく、まずはもう一度検査で確かめてからだ。

ほとんど眠れなくとも、朝はやってくる。そして仕事にはいかねばならない。

食欲は相変わらずだが、朝は元々それほど食べない。いつもはトーストにあればヨーグルトくらいだ。だけど、もしも自分が妊娠していたらと思うと、なんとなく家にあった野菜でサラダを作っていた。

あと、牛乳とかも飲んだ方がいいような気がするけれど、あいにく買い置きがない。

「……私って、もしかしてうれしいのかな」

不安はある。うれしい、という言葉もしっくりとはこない。はっきりとわかるのは、厭わしいという感情はまったくないということだ。

いつも通りに出勤して、始業までの時間で今日の仕事の下準備をする。

「おはよー、後藤さん」

稲盛さんも少し早めの出勤をしてきた。

「おはようございます」

「後藤さん、ちょっといい？」

隣のデスクに座った稲盛さんに手招きをされ、椅子ごとそちらに近付くと内緒話をするように彼女が顔を寄せてくる。

「なんですか？」

「実は……昨日、課長にも報告したし、そのうち皆も知ることになると思うけど」

なにやらごにょごにょと言いづらそうな彼女の話に耳を傾ける。

「……妊娠、しちゃって」

数秒、彼女の言葉に反応が遅れた。なにせ、それは昨日から私が悩んでいた現象と同じだ。

「えっ……ええっ⁉」

ぱっと顔を上げて彼女を見ると、照れくさそうに笑っている。

「か、彼氏、いたんでした？」

「いたよー、まだ付き合って半年くらいだけど」

ですよね、あんまり長く付き合えないって以前に言っていた気がする。

「そんなわけで、結婚するの。あ、仕事は辞めないけど、出産前後は長期休暇取ることになるから早めにと思って、昨日課長に報告した」

「そ……それは、おめでとうございます。びっくりしましたけど、よかったですね」

驚いたが、お祝いすべきことだ。一応内緒話の状態なので、小さく周囲にわからない程度に拍手をする。

彼女は照れ笑いを浮かべ、だがその後すぐに申し訳なさそうな顔をした。

「ありがとう。でも、あの、私ちょっと心配してさ……」

「はい？」

「後藤さん、いつだったか体調悪そうにしてたじゃない？　あんまり食事できてなかったみたいだし……」

「……ああ、はい。二週間前くらいでしょうか」

「私も今、つわりでしんどくて……後藤さん、大丈夫？　彼氏と付き合い長いって聞いてたし、なんか悩んでそうだったからもしかしてって後になって思ったのよ」

稲盛さんの言っている意味を把握するのに、数秒私の顔は固まっていた。

伊東先生と別れた時の体調不良を、もしかしたらつわりかもしれないと心配されていた……？

「……ちがっ、違います！」

「そう？」

いや、妊娠かもしれないのは違わないけれど、あの時のはつわりのはずがない。今その問題で悩んではいるけれど相手は大哉さんだ。

「全然違いますから！」

私が強い口調でそう言うと、稲盛さんはホッとした顔になり「よかったー」と言った。

「いや、ほら。もしも妊娠なら時期が被るじゃない？　私が先に報告しちゃったから、もし後藤さんもだったら言いにくくなるだろうなって」

その言葉で気が付いた。そうだ、仕事を引き続きさせてもらえるのかどうかが、不安になってきた。

稲盛さんは正社員だから、産休育休もあるし授かり婚だとしても多少周囲にからかわれる程度で済む。

だけど、私は？　派遣社員でも、妊娠出産を理由に解雇はされない。だけど、それは表向きだ。それに、同時期に重なると後から報告した方が疎まれる可能性は十分ある。

妊娠だったら、登録してる会社の方にも連絡を入れないと……。

評価は落とされるだろうか。どっちにしろ報告しなきゃいけないなら、早い方がいい。

「後藤さん？　大丈夫？」

「えっ、はい。大丈夫です。お仕事の準備しましょうか」

稲盛さんの心配そうな声が聞こえて、慌てて意識を現実に戻す。椅子ごと自分のデスクに戻って資料整理をしようとしたら、朝礼の時間になった。

急いでも結果はでないのに、考えないといけないことはいっぱいでどうしても気は逸る。ただただ、なにより思うのは、お人好しのあの人のことだった。

私を好きだと言ってくれたのに、さすがにこれは急展開すぎて受け入れてもらうのは辛かった。

できれば責任なんて言葉が必要ない状況で、彼と恋をしたかった。

＊　＊　＊

大哉さんとデートの約束をした日曜日、最初は待ち合わせの予定だったが、ドライブに連れていってくれることになり、家まで迎えに来てくれた。

大哉さんは、仕事のことを結構色々と話してくれる。患者さんの個人情報に関わるようなことは一切口にしないけれど、たとえば、仕事のリズムとか。なにも知らないよりも、私もその方が安心できる。

外来はいつで、どの曜日は部長の手術に駆り出されることが多い、など愚痴も混じりつつ教えてくれた。勤務時間外でも、結局上司の部長に付き合えと言われれば受け持ち患者以外の検査や手術にも対応しなければならない。

インターンの時期が過ぎても、いや過ぎたからこそしがらみは多いのだろう。

患者の急変など緊急事態以外は、比較的予定が狂うことの少ないのが日曜だそうだ。

「晴れてよかった」

運転席の大哉さんは、とてもご機嫌だ。郊外にあるフラワーセンターに花を見に行く計画で、雨ならショッピングに切り替えることになっていたが、今日はその心配はなさそうだ。

うれしそうな横顔を、カッコいいなあと眺めていた。

「どうした?」

「えっ?」

信号待ちで私の視線に気付いた彼が、手を伸ばしてくる。頬に温かい手のひらが触れた。

「なんか、ぼうっとしてないか？」

「あっ、ごめんなさい。ちゃんとしたデートって久しぶりで」

慌てて、笑顔を取り繕う。本当は、金曜にやった再検査の結果が、ずっと頭から離れていなかった。その結果を大哉さんに、報告しようと思っている。

だけどできれば、デートを楽しんでからにしたい。今日を本当に楽しみにしていたから、まだ水を差したくなかった。

「体調が悪いわけじゃない？」

「はい。楽しみにしてたから、昨日眠れなくて」

「じゃあ、少し寝たらいい。着いたら起こすから」

大哉さんが微笑ましいものを見る目を私に向けてくるので、ちょっと照れ臭い。この人の中で、私はなんだかとても美化されているように思うのだが、気のせいだろうか。

信号が青に変わり車が走り出すと、微かに伝わってくる振動に眠気を誘われそうだった。

「ごめんなさい、ほんとにちょっと、寝ちゃうかも」

「いいよ。向こうで眠くなったらつまらないだろ」

お言葉に甘えさせてもらい、シートに頭をもたれさせると目を閉じた。

昨日眠れなかったのは嘘ではなかったけれど、本当でもない。昨日だけでなく、妊娠かもしれないことに気が付いてから、ずっと眠りが浅かった。少し眠っても、すぐに目が覚めてしまうのだ。

金曜の検査結果も、陰性だ。だけど、まだ生理の予兆もない。ネットで調べると、いろんなパターンがある。なかなか陽性反応が出なかったなんて人もいたから、気持ちはもう妊娠の覚悟をしていた。

もうひとりで考え込んでも意味はない。大哉さんにもちゃんと話をして、彼の反応を見てそれから考えよう。

ひとりで産むか、大哉さんがお父さんになってくれるのか。

不思議と、産まないという選択肢は一度も出てこなかった。


車中で小一時間ほど、だけど思いのほかぐっすりと眠っていたらしい。大哉さんに起こしてもらった時、一瞬自分がどこにいるのかわからなくて、目の前に彼がいることにすごく驚いた。

寝ぼけてしばらく声も出なかった私は、大哉さんに大笑いされた。本当に楽しそうでなによりだ。

到着したのは、東京から高速道路を使って一時間と少しくらいのところにあるフラワーセンターだった。

広々とした敷地に、いろんな種類の花が咲いているそうで、私は初めて来る場所だ。聞けば、大哉さんも初めてらしい。

「どうしてここだったんですか?」

入園料を払って中に入ってすぐ、気になって聞いてみた。彼も初めてだというのに、どうして初デートをここにしたのだろう。

「このあいだ、桜を見てた時に。花が好きそうだったから」

「好きです。特別詳しいとかではないけど……」

「で、花の中ではなにが好きか知りたくて。ここなら色々あるから」

聞いてくれたら、答えるのに……。

だけど確かにショッピングとかよりは、こういった場所の方が私は好きだ。

「どんな花が好きかって言葉で聞くより、実物の方が喜んだ顔が見られそうだし」

そんな甘い言葉を吐きながら、彼の方こそうれしそうな顔をしていて、こちらの方が照れくさくなってくる。私は返答に困って彼から青い空に視線を移し、話を逸らした。

「よいお天気だからお花も映えますね。写真撮ろうかな」

「……あ」

大哉さんが思いついたような声を出す。

「どうかしましたか?」

「いや。行こうか、最初にどれを見たい?」

青空に負けないくらい爽やかな笑顔で大哉さんが私の手を引いた。

フラワーセンターという施設名だけあって、園内の花の種類は豊富だった。一区切りごとに主役の花があり、特に広い敷地一面にネモフィラという小さな青い花が群生しているのは圧巻だ。

だけど、私が一番感動したのはモッコウバラという蔓薔薇《つるバラ》の木で、その周囲をついうろうろして、あらゆる角度から見入ってしまった。

「おっきい……実家の店にもあるんです、モッコウバラ。懐かしい」

「実家の店?」

「はい。小さな喫茶店をやってて、窓から見えるように庭を整えてあったんです。そここにモッコウバラの木でアーチが作ってあって。でも、こんなに大きくなかったなあ」

大哉さんよりも高い背丈にまで育っていて、天辺からいくつもの長い蔓が地面に向かって弧を描き、しなだれ落ちている。

その枝にびっしり、淡い黄色の小さなバラがたくさん咲いているのだ。

「きれーい。実家のお母さんに送ろうっと」

モッコウバラに向けてスマホを構え画像に撮っていると、私のスマホではなく少し離れたところで「カシャ」とシャッター音が鳴る。

またただ、と大哉さんの方を見た。

「……大哉さん、撮りすぎです」

「さっきと花が違うし」

「だったら花だけ撮ったらいいじゃないですか」

彼は、さっきからずっと花と私をセットで撮っている。何回かは照れながらも受け入れていたけれど、いいかげん撮りすぎだ。

私の画像が今日一日でいくつ増えることになるのだろう。

「一番かわいいのを背景画像に……」

「絶対やめてくださいね！」

この人は、正気だろうか。本当に設定してしまいそうなので、時々確認しなければ。

『恋の方で拗らせてたかあ』

サチの言葉を、ニヤニヤ笑う顔と一緒に思い出してしまった。


それぞれの区画をついじっくりと見て回ったものだから、途中園内のレストランで昼食を摂り、午後も回って夕方まで楽しむことができた。

「で、私はどの花が一番好きそうでしたか？」

「どれ見てもうれしそうにするから判断つかなかった……」

彼が、運転席で眉根を寄せて悩んでいる。今日撮った画像を思い出しているのだろう。

「けど、花が好きなのに虫は嫌いなんだな」

「クマバチは普通に怖いでしょう？」

「刺されたことはまだないんだよな？」

「アナフィラキシーショックの心配をされてるのはわかりますが、そういうことじゃなく単純に怖いです」

大きな藤棚があり、紫色の綺麗な花がたくさん垂れ下がっていた。香りが強いせいいなのだろうか、そこにクマバチが数匹飛び回っていたのだ。

あのずんぐりむっくりとした体型のハチは、嚙まないと聞いたことはあるけれど、それが正しい情報かどうかは知らない。オスかメスかで違ったかもしれない。どちらにせよ、ぶんぶん羽音をさせながら飛んでるだけで怖いのだ。

「あっ！　まさか怖がってるところまで撮ってないですよね？」

「あの時は雅が怖がってまとわりつくから撮るどころじゃなかったよ」

彼が前を向いたまま、楽しそうに破顔する。それを見て、私もうれしくなった。

「楽しかったですね」

純粋に、ただこの時間を楽しめた。

私を好きだと言ってくれて、私が好きになりたいと思っている人。何度もデートを重ねれば、普通の恋人同士になって時を重ねて、いつか普通に結婚しようなんて流れになったかもしれないと思わされる。

「結構歩いたから腹が減ったな。雅は？」

「はい。食べられそうです」

食欲がまだ完全には戻らないことを、大哉さんには話していなかった。だから今日一緒にいて食べられなかったらどうしようかと思ったけれど、たくさん歩いて気分転換もしたせいか、昼食の時もちゃんと一人前食べられたのだ。それを見た大哉さんが喜んでデザートまで食べさせようとして、さすがにそれは無理だったけれど。

大哉さんが安心してくれると、私もうれしい。

「よかった。夕食、早めにするか。酒は飲めそう？　だったらワインのうまい店があるから、そこに行こう」

私に、現実を思い出させたのは、その言葉だった。

――ワインは、飲めない。

「あ、今日は、お酒はやめとく」

明るい声で言ったのは、変に思われないためだったが、そううまくはいかない。だって私が酒好きだということを彼は知っている。

「どうした？　体調悪い？」

「大丈夫です。でもたくさん歩いたから、ちょっと疲れたかなって。飲んだらすぐに酔っ払いそう」

「ちゃんと送るから心配しなくていいのに」

彼の瞳が、ちらっと一瞬私を見る。そんなに、私がお酒を拒むのは意外だっただろうか。大層な嘘をついているわけでもないのに、なんだか悪いような気がしてしまい、私は観念した。

「酔わずに、ちゃんとしたい話があって」

まだ肝心な話にもなっていないのに、緊張して声が震える。大哉さんから目を逸らし、俯いて膝の上に置いた手を握った。

数秒してから、彼の落ち着いた声で返事があった。

「食事の時じゃなく？」

「はい。ふたりで、落ち着いて話せるとこがいいから……」

「わかった」

失敗した。できれば今日一日、なにも考えずに純粋に彼とのデートを楽しんでから、最後にと思っていたのに、これでは重大な話があると先に宣言しているようなものだ。

会話の止まってしまった車内が、ひどく気まずい。どうしよう、と焦っていると少ししてから突然、彼が唐突に呟いた。

「……そば」

「えっ？」

「そばにする？」

一瞬、なにを聞かれているのかわからなくてぽかんと大哉さんの横顔を見る。彼は、うーんと小さく唸りながら考えていた。

「酒を飲まないなら、飯、なにがいいかと思って。蕎麦《そば》ならうまい店知ってるんだけど、あ、もしかしてうどんの方が好き？」

そこまで言われてやっと、〝そば〟が麺類の蕎麦のことだと理解した。

「うどんのうまい店は、知らないんだよな」

真剣に悩む彼を見て、私はなんだか気が抜けた。

「うどんか蕎麦の二択ですか？」

「もちろん、他に食いたいものがあったらなんでも」

「お蕎麦がいいです。話してたらなんだかお蕎麦が食べたくなりました」

また明るくなった車内の空気に、ホッとする。いや、彼が明るくしてくれたのだ。

十七時を過ぎた頃、彼おすすめの蕎麦屋で少し早めの夕食を摂った。一般的な蕎麦屋を想像していたのに、日本料亭のような雰囲気のお店で普通のお蕎麦も含む蕎麦粉を使った懐石料理をいただいた。

食べ終わった頃から、私は怖くなってきていた。

今日は、楽しかった。ちゃんとした気持ちを返せていないのに、こんなにも幸せな気持ちにしてもらっていいのかと思ってしまうくらいだった。

これを失ってしまうのが、怖い。

純粋な好意を向けてくれていたのに、責任という鎖が絡みつくのが怖い。

そしてなにより、本当に信じてくれるものなのかが、怖かった。自分でも思うのだ。第三者の目から見て、大哉さんの子なんですと決めつけるには不確定要素が強すぎると。

他にありえないというのは、私本人だからこそわかるにすぎない。

店を出てから、彼が車を走らせるのに任せて行先は聞かなかった。到着した場所は彼のマンションで、エントランスの横から地下駐車場へ入り車を止めた。

地下からエレベーターに乗って、彼の部屋のある階まで上がる。

「落ち着いて話せる場所ってことは、あまり他人に聞かれたくない話だってことだろ？　それなら家がいいと思って」

嫌だった？と表情で私に尋ねてくる彼に、微笑んで頷く。

「大丈夫です。お邪魔します」

大哉さんの様子は、あまりしゃべらなくはなったけれど、表情もそれほど変わらなかったように思う。だから、私の態度で彼がなにをどう思っていたか、気付けなかった。

　彼の態度が変わったのは、玄関ドアを入ってすぐだ。先に入るように促され、玄関で靴を脱ぎながらドアの閉まる音を聞く。直後に背後から強い力で抱きしめられた。

「大哉さん？」

「……うん」

　落ち着いた声ともいえる。だけど、どことなく暗くも感じる声がしただけで、腕が緩む気配はない。

　かといって、それ以上動きがあるわけでもなく、私は彼の腕の中でどうにか顔を振り向かせた。すると彼の手が私の顔を支えて、そのまま動けなくなる。

「どうし……」

　様子がおかしい。どうしたのかと尋ねようとしたけれど、軽く唇を啄まれて邪魔された。

「あの」

　偶然タイミングが重なっただけかと思ったが、再びまた邪魔される。そのうち、唇が動くたびに声を出す前に塞がれた。

　……からかってるの？

声に出そうとすればまた邪魔するので、黙ったままで軽く睨む。彼は目を細めていつでもキスできる距離を保ったままだ。ふいに思い至って少し背伸びをして私から彼に口づけた。

彼の目が、縋りついてくるように見えたから。

音も立たない、ふんわりと一瞬重なっただけのキスだ。だけど、大哉さんは驚いたように目を見開いた。

それから、うれしそうに目を細める。

「うれしい」

「なにがですか?」

やっとしゃべらせてもらえた。

「雅からキスしてくれたから」

きゅっと私を抱きしめたままの片腕に力が籠る。少し苦しくて、喘ぐように口を開くとまた唇が重なる。今度は息も止まるほど、深く。

「んっ……」

強く押し付けるようなキスではないが、ぴたりと唇が合わさって離れない。歯列をなぞってから口内に入り込んだ舌が、私のそれを絡め取る。

唾液が絡む濡れた舌が絡み合うのは、どうしてこんなにも気持ちがいいんだろう。口の中で響く唾液の音も、合間に聞こえる荒い息遣いも、官能を誘い身体が甘く痺れてくる。

足の力が抜けそうで、彼の腕に掴まった。シャツを強く握りしめた時には、キスに溶かされて頭がうまく働かなくなっていた。

「……よかった」

彼が一度唇から離れて、頬や耳へと口づける場所を移動していく。

「よ、かった？」

すっかり溶けた私の口調が、どこか拙い。

「今日、時々様子が変だったから、嫌がられるかと思った」

その言葉に、今度は私が驚いて目を見開いた。彼は、私の様子をいつもよく見ている。それはわかっていたけれど、私の顔色で彼を不安にさせているとは、思ってもいなかった。

「その上、あんな決意を固めたみたいな顔で話がしたいなんて言うから」

「あ、話は」

「別れ話以外なら聞く」

彼はそう言うと、突然腰を屈めて私を横抱きにした。「ひえっ？」と驚いて変な悲鳴をあげてしまった私のことは意にも介さず、すたすたと歩きひとつの部屋のドアを器用にあける。

「あ」

私の目に飛び込んできたのは、あの日入ったきりの寝室のベッドだ。乱暴にされるとは思っていないが、彼の勢いからふざけてベッドの上に放られるのではないかと頭をよぎった。

「ダ、ダメッ！」

咄嗟に考えたのは、お腹にいるかもしれない赤ちゃんのことだ。たとえ柔らかい場所にでも、勢いよく落とされたら衝撃が伝わってしまう。

私は慌てて彼の首筋にしがみついた。

「うわっ」

「ダメ！　落とさないで、赤ちゃんが……っ」

ぴたりと彼の身体が動きを止める。彼が驚いているのがその様子で伝わってきて、私は怖くてしがみついたまま離れられなくなった。

彼の顔を、見るのが怖い。驚くのは、当然だ。だけど、もしも怒った顔や青ざめたような顔色になっていたら、どうしよう。

どうか離れないでと一層彼にしがみつく。

「……赤ちゃん？」

呟く程度の小さな声に、びくりと肩が跳ねた。

黙っているわけにはいかなくて、頷いて彼の肩に伏せていた顔を少しだけ上げる。

「……生理が、来なくて」

なにからどう話せばいいだろう。ちゃんと座って頭を整理して話すはずだったのに、突然切り出すことになって頭の中が今は真っ白だ。

つらつらと思うままに口が動いてしまう。だからこそ、一番に次の言葉が出たのだろう。

「まさかと思うのはわかります。でも、相手は、大哉さんしかいなくて……」

疑われるのが怖かった。それを一番に恐れていた。本当は、もっとちゃんと信じてもらえるように、毅然として言うつもりだったのに、スタートが予期しないものになったから後はもう、感情的になるだけだった。

「信じてください。伊東先生じゃありません。彼とはずっと、なくて……っ」

しがみついていた手を緩めて、シャツの布地だけをきつく握りしめる。怖くてどうしても手が震えた。

私が言葉に詰まると、寝室が静まり返る。息遣いさえ聞こえる静けさの中、やっと彼が言った。

「……静かに降ろすから、力抜いて」

言いながら、ゆっくりと私をベッドの端に腰かけさせる。私は座ったまま両足を床に降ろすと、彼が真正面に両膝を付いた。

「なんで、会ってすぐに言わないんだ」

彼が最初に発したのは、誰の子か疑うような言葉ではなかった。

「わかってたら長時間歩かせたりしなかったのに。大丈夫か？」

「えっ……あ、平気」

彼が見せたのは、私が予想した悪いものとよいもの、そのどちらでもない反応で一瞬返答に戸惑う。

彼は膝をついたままだから、少しだけ私よりも目線が下だ。いつもと違って彼が下から見上げてくる。その目に、私を厭うようなものも軽蔑するようなものも感じられなかった。

寧ろ、高揚しているようにも見えるのは、私の願望の表れだろうか。彼の手が、私の頬を撫でて、首筋、肩へと順に下りていく。優しい手つきに、緊張でいつのまにか強張っていた体の力が抜けた。

その手は、一層優しく、そうっと私の下腹まで下りてくる。

「ここに俺の子がいるの？」

ふんわりとお腹の上に手を当てて、彼は言った。

「あっ、まだ、多分、なんだけど」

「まだはっきりわからない？」

彼の言葉に返事をしながら、私はホッとしてぼろぼろと涙をこぼしていた。

少しも疑わなかった。全部信じてくれた。

そのことで、心の緊張も解けてしまった。

「……今までこんなに遅れたことないの、生理前はお腹が重くなるのにそれもないし」

「多分、妊娠してる？」

こくこくと頷きながら、手で涙を拭う。

「泣いてるのはなんで？」

不思議そうに彼が私の顔を覗き込んだ。なんでなんて、そんなの決まっている。

ずっと、信じてもらえるのかそれが一番の不安で、だけど彼は私になんの弁解も求めずに、信じてくれた。

「こんな、すぐ、信じてもらえると思ってなくて。だって、あの夜、だけ」

相手のことは、私にしかわからないことなのに。無条件で信じてくれた、そのことがなにより私を安心させて、深く感動してしまった。

「そりゃ、信じるよ。雅のことは」

本当に、どうして、この人はこんなに思ってくれるんだろう。

彼が立ち上がり、私のすぐ横に座るとベッドが揺れた。前屈みになって、私の顔を覗き込む。

「これから先の話をしようか」

「先の話？」

「そう。お腹の赤ちゃんのために、一番いい方法を考えないと」

少しも動揺していない、落ち着いた声音に私も息を整える余裕ができた。彼の言う通りだ。まずは、信じてもらえた。それで喜んでしまったけれど、大事なのはこれから先のことを、大哉さんと話し合わなければいけない。

「できれば早いうちに、結婚しよう」

予想通りの言葉に、私は背筋を伸ばして下唇を噛んだ。

「嫌？」

「そんなわけありません」

それだけは頭を振って、はっきりと答えた。産みたいと思っているし、それを反対されなくて心の底から安堵した。

この状況であっさりと受け入れてくれる人なんて、そうそういないだろう。

ましてや、結婚しようとすぐに結論を出してくれたのは、私を不安にさせないために違いない。

「うれしい、です」

うれしい。それは本当だ。だけど、申し訳ないのも本当で。

「よかった」

優しく微笑んでくれるほどに、胸が痛くなる。

喜びと同時に存在する、苦い感情。恋だけではない、責任感がそこに生まれるのは、こうなったからには仕方がないことだ。

「……ギュッて、してもらっていいですか」

彼に向かって、軽く両手を広げて強請ってみる。すると、彼はすぐにうれしそうに破顔して、私を強く抱きしめてくれた。

その温もりに目を閉じて、「ああ」と実感する。

——好きなんだ。

私はすでに、彼のことが好きなんだ。

だからこそ、もっと純粋に喜べたらよかったけれど。

「必ず幸せにする。だから心配しなくていい」

庇護し、甘やかす彼の言葉に私は苦笑する。どこまでも私を優先しそうな彼にこそ、幸せになってほしい。

「一緒に、幸せになってください」

まだ、始まったばかりの私たちだけれど、あなたが私にくれた分、それ以上に私もあなたを幸せにしたい。そう思えた。

恋心の火種

しばらくベッドの上で抱き合って、充分にお互いの覚悟が決まった後。彼が、ぽんと私の頭に手を置いた。

「それじゃ、まずは雅の実家に連絡をしないといけないな。病院には、まだ?」

「行ってないです。検査薬で陽性が出たらと思ったけど、出なくて……でも生理が止まったままで、今までこんなことなかったから、焦ってしまって」

落ち着いて考えれば、まだ言う必要はなかった?

だけど、ひとりで考えると焦燥感でいっぱいになってしまって、平静でいられなかったのだ。

彼は、私の言葉を聞いて数秒考え込んでいたけれど、すぐに頷いてなにかを決めたようだ。

「わかった。やっぱり雅の実家に、早めに連絡しよう」

「えっ、でも」

それは、ちゃんと妊娠が確定してからの方がいいのではないかと思ったのだが、彼の考えは違った。

「先に顔合わせか、せめて電話だけでも挨拶をさせてもらって、それから妊娠がわかったということになれば、雅も報告しやすいだろう。もちろん、その時は俺も一緒に言うけど」

確かに、いきなりデキちゃったと報告するのは言いづらい。うちの両親は、それほど頭が固いわけではないが、ひとり娘の私がいきなり妊娠なんてきっと想像もしていないだろう。結婚は順序だててあるのが普通で、授かり婚なんていうのはかなりの特例だと思っていそうだった。

「早めに受診しよう。うちの産婦人科で信頼できる女医がいるから」

「えっ、別の病院がいいですっ」

つまり、彼の勤める病院の産婦人科で、と大哉さんは言っている。そう気が付いて、咄嗟に大きな声で拒否をしてしまった。

だって、そこには伊東先生がいる。彼の顔を見るのも嫌だったし、早すぎる妊娠を知られるのも嫌だ。

それに、彼は私の最後の生理がいつかなんて知らないから、場合によっては自分の子かと思う可能性もある。

「……大丈夫だ。伊東先生には知られないようにするし、診察時間帯を予め決めてロビーで待たずに済むようにする」

「でも」

「俺も診察に付き添う。だからうちの病院に来てもらう方が助かる。診察が終わったら、後の会計は俺がやるからタクシーですぐに帰ればいい」

「えっ、大哉さんも？」

まさか、一緒に来てくれるつもりだとは思っていなかった。私は驚いたけれど、彼はさも当然といった顔だった。

「初めてのことで体調も不安があるし、絶対に行く。別の病院で受けるなら、俺も時間合わせて抜けられるようにするが……」

「ま、待って待って！　そんなのはさせられないですってば」

「じゃあ、俺が手配しといていい？　うちでなら、少しの時間抜け出すのはそう難しくない。伊東先生の耳にも入らないようにしておく」

別の病院で診てもらうよりは、その方が大哉さんの負担にはならない。ならば、そうするのが一番だろう。

「わかりました……ありがとうございます」

本当に感謝している。だから当然のように出た言葉だったけど、なぜか大哉さんは眉根を寄せて渋い顔をした。

「さっきから、時々ひどく申し訳なさそうな顔をする」

「えっ」

そうだろうか。

ぱっと顔を両手で触る。もちろん、そんなことをしてもわかるわけではないのだけれど、むにむにと頬を揉んでみた。

気持ちは、前向きに切り替えたつもりだ。大哉さんと幸せになれるように、今からでもゆっくり時間を重ねていけば、きっと大丈夫だと思っている。

だけど、急なことで彼に覚悟を迫ることになったのも、間違いない。

それが確かに、申し訳ない部分ではあった。もしかしたら、知らず罪悪感も抱いていたのかもしれない。

「子供ができるのは、どちらかひとりの責任なわけがないだろう。だから礼なんていらない。これは最初から、ふたりの問題だ」

わかった？

そう確認するみたいに、私の目をジッと見つめる。

「……はい。ふたりの問題、ですね」

この人は、どこまで私を惚《ほ》れさせたら気が済むんだろう。幸せな気持ちで頷くと、彼も満足したらしく頷き返してくる。

そして。

「じゃあ、まずは雅の実家に連絡だな」

その行動はあまりにスピーディで、私の方は気持ちがついていくのに必死だけれど。結婚すると決めたのだから、彼のこういう一面にも腹をくくらねばならないようだ。

早い方がいいのはわかっている。

だけど、心の準備をする時間が欲しかった……と、このところよくそう思わされている。

大哉さんに、とりあえず実家に挨拶にいく約束だけでも今日中に取り付けた方がいいと言われ、緊張しながらスマホを手にベッドに座っていた。

タップひとつで実家に繋がるように画面を準備してから、深呼吸している時、なんとタイムリーに母から電話があった。

昼間、フラワーセンターにいる時にモッコウバラの画像を送ったのをすっかり忘れていた。

店が終わってから画像を見て、メッセージでは文字を入力するのが面倒だから通話でかけてきたのだろう。

あわあわしながら出て、しばらくはどちらのモッコウバラが大きかったかとか変な対抗心絡みの雑談を母としていたのだが。

ジッと、大哉さんに期待の目で見つめられて、とうとう、私は「会ってほしい人がいる」と言った。

《あ、会ってほしい人って……雅？　つまりそういうこと？》

「あ、うん……まあ、そういうこと……なの」

そりゃ、いつかはこういう日が来ることもあるだろうなとは思っていたけれど、とてつもなく気恥ずかしい。

《あっ、あ、そう！　もう、あんた付き合ってる人がいるとか全然言わないから！》

「え、そんなん、親に言わないでしょ恥ずかしいし……」

電話の向こうで、母の声がとても弾んでいる。

どうやら、喜んではくれているらしい。

《いつから？　いつから付き合ってるの？　どんな人？》

「え、えーっと……あ、お医者さん。病院の」

《お医者さんっ⁉　あ、もしかして昔の家庭教師の子？》

「その、後輩さんです！　そのつながりで知り合ってね、あの、付き合ってから……」

伊東先生のことを母が覚えているようで、ぎくりとした。彼氏として紹介していなくてよかったが、ひやひやしてしまう。

焦ってしどろもどろになっている私の肩を、大哉さんがとんとんと叩いた。見ると、電話に出る、と手でジェスチャーをしてくる。

私は、声が母に聞こえないようにスマホの送話口を手で押さえた。

「大哉さん、いいの？」

「ああ。その方が手っ取り早い」

……い、いいのかな？

確かに色々言い訳するのは、私はあまりうまくない。送話口から手を離して再び耳に当てる。

「あのね。お母さん、彼が電話代わるって……」

《……ひえっ？　ほんとに？　ちょっと待ってどきどきする！》

きゃあきゃあと言いつつ、拒否はされなかったので、大哉さんにスマホを渡した。

「お電話代わりました。高野大哉と申します」

まったく緊張した様子もなく、落ち着いた声で彼が話し出す。寧ろ母の声の方が、賑やかに聞こえてくるくらいだ。さすがに、なにを言っているかまではわからないが。

「はい。……ええ、そうです。将来を意識したのは最近なのですが、出会ったのはもう五年ほど前のことで……」

あ。すごい。嘘をついてないのに、まだお付き合いして間もないことをごまかしてしまった。

「雅さんと、結婚させていただきたいと思い、ぜひご挨拶に伺わせてください」

挨拶の目的まできっちり話してしまって、結婚への不安要素は綺麗に取り払われた。これでは実際会う時にはもう、結婚の時期など具体的な話をする流れになっているも同然だった。

それからいくらか話をして勤めている病院まで明らかにして、彼は通話を切った。

「挨拶に伺う日は、定休日の水曜ならいつでもいいそうだから、日を調整して改めて連絡することになった」

ぽん、と手のひらの上にスマホが戻ってくる。

「いいんですか？　平日……私は有給があるので、十日前くらいに申請すれば休めますけど」

「確実に空けられるように調整する。ただ、緊急があった場合はどうしてもそっちが優先になるけど、それも説明したから大丈夫だ」

スマホを手に、なんだか呆然としてしまう。

「本当に、結婚するんだ……」

「実感が湧かない？」

「いえ、今噛みしめているところで……」

あんなに悩んでいたこの数日が嘘のように、着々と話が結婚に向けて進んだ。両親に連絡をしたからか、なおさら実感が込み上げてくる。

ぼうっとしていると、今渡されたばかりのスマホがまた彼の手で取り上げられた。彼はスマホをすとんと私のバッグの中に落とすと、そのバッグをベッドのサイドテーブルの上に置く。

「大哉さん？」

不意に、私の上半身を抱き寄せたかと思うと、背中を手で支えながらゆっくりとベッドの上に押し倒された。

ぽふん、と背中が柔らかな布団に受け止められる。真上には、私を見下ろす大哉さんの顔があった。

「雅、今日は遅いしもう泊まっていって」

「えっ……」

「本当はもうずっと家にいてほしいくらいだ」

私に覆いかぶさって、彼は私の顔の横に肘をつき手で額にかかる前髪を避ける。指の背で、ゆっくりと肌を撫でるのがくすぐったくて、目を細めた。

「でも、明日は仕事だし」

「朝、車で家に送る」

大哉さんの指が、私の頬で止まる。

──あ、キスだ。

なんとなく、彼のキスのタイミングはわかるようになった。いつも唇を触れ合わせる直前に間近で目を合わせる、それが合図だ。

私は、恥ずかしくてすぐに瞼を閉じてしまって、それからすぐに唇が優しく重なる。浅く舌を絡ませている間、彼の指が首筋や襟元を羽で触れるように撫でていく。

「ん……っ」

「触れたい、雅」

はあっと吐き出す吐息が熱い。今日、はっきりと自分の気持ちを自覚した。私だって、触れてほしかった。

だから、返事の代わりに彼の背に手を回す。すると、耐えかねたように彼が私の首筋に唇で触れ強く吸い付いた。

「んっ、ん……」

少し痛いくらいに吸われて、歯を立てられる。間違いなく痕が残った。その行為に、私の身体の奥にも官能の熱が灯る。

「あっ、でも、お腹が」

「負担にならないようにする」

そうまで言われては、拒む理由はどこにもない。服の中に入り込む彼の急いた手に、私ももっと触れられたかった。


親に連絡を入れたことにより、私と大哉さんの結婚はすっかり決定事項になり、彼は私に一緒に暮らしてほしいと何度も言った。

それはもう、何度も。

職場にそう遠いわけでもないし、間もなく結婚するならその方がいいかと私も思い、日用品や服をちょっとずつ移動させていくことにした。

大哉さんは話をした翌日には、なんと婚姻届を役所のホームページからダウンロードしてきていた。私の両親への挨拶が終わったら、すぐに出せるようにと用意周到に整えている。

そんな姿を見ると、本当に喜んでくれているのだなあとうれしい反面、どうして私などに……と不思議な気持ちは今でもある。だけど、疑う余地がないほど態度と言葉で彼は示してくれていた。

そうやって全部が結婚に向かって進むことが決まってから、いよいよ産婦人科の診察を受ける日が来た。

なるべく早く、と彼が言ってくれていたのだが、いくらなんでもすでに予約の入っているところに割り込むわけにはいかない。

夕方診の時間で数日前にキャンセルがあり、私も仕事が終わってからすぐに向かえば間に合う時間だったのでその枠を押さえてもらったのだ。

あらかじめ大哉さんが受付をしてくれたので、産婦人科の診察室まで直行する。彼は患者さんの診察が押したようでまだいなかったけれど、私が内診を受けている間に来てくれた。

すごく、どきどきした。もしかしたら、小さな卵みたいな赤ちゃんが見られるかもしれないと思ったのだ。

だけど……そうはならなかった。

「ホルモンバランスが崩れているのかもしれないわね。急にストレスがかかったり、激しいダイエットをしたりしなかった？」

年配の優しそうな女性の医師、竹本《たけもと》先生は優しく問いかけてくれる。私は、すっかり意気消沈していた。

猫背になる私の背中を、大哉さんが励ますように撫でている。

「そうですね、ちょっと、色々……心当たりがあります」

思えば、伊東先生が冷たくなった頃から、考えないようにはしていたけれどずっと不安は抱えていた。そこにあの別れの衝撃があって、それから食事がまったく喉を通らなくなった。

今は持ち直してきているけれど、それでもすっかり元通りとはいえない。ストレスもあったし、どうして妊娠に違いないなんて思い込んだのだろう。

「すみません、狂うことなんてめったになかったから、もうてっきり……」

「勘違いするのはよくあることよ、あなただけじゃないわ」

明るく笑い飛ばしてくれるけど、私は顔から火が出るくらいに恥ずかしい。

「生理は、少し様子をみましょうか。ずっと戻らないようなら明らかに異常だからね、もう一度診察に来るように。高野先生も気にかけてあげて。生理が来ない方が楽だからって、軽く考える子もいるからね」

「わかりました」

すっかり旦那様認定で、大哉さんが竹本先生に言われていた。彼はそれすらも、どこかうれしそうだ。

「ま、あまり落ち込まないように。若いんだからまだまだこれからだし」

そうなのだ。妊娠かもと最初に思った時はあんなに不安だったのに、今の私は間違いだったと聞いて、ひどくがっかりしていた。

自分でも不思議なのだが、戸惑いながらも数日、大哉さんとあれこれ相談して先に進もうとしているうちに、私は母親になる心の準備も始めていたようだ。

男か女か、つわりはいつ頃来るだろうか、予定日は。そんなことばかり考えて、いつのまにかすっかり妊婦の気分だった。

「ありがとうございました」

お辞儀をして診察室を出ると、病院の出入り口に向かってふたりで歩く。

「……大丈夫か？」

私を気遣う大哉さんの視線と言葉が、ありがたい反面自分が情けなくなってきた。

「はい……というか、もう、本当にごめんなさい」

あんなに狼狽《うろた》えて、大騒ぎしたのはいったいなんだったのか。大哉さんに妊娠疑惑を告白するまでの私の覚悟は結構悲壮なものだったし、大哉さんにまた責任を背負わせてしまうと思って泣きそうだった。

この一週間はなんだったのか。

脱力してよろよろと歩く私の手を、大哉さんが握ってくれる。しばらくそのまま歩いていて、ハッと気付いた。

「あっ、手！」

「うん？」

あまりにも自然に繋いでいたので慌てて離そうとしたけれど、なぜか逆に強く握り返される。

出口までの間、私を少しでも励まそうとしてくれているのだろう。だけど、職員に見られて恥ずかしいのは、大哉さんの方ではないだろうか。

寄り添うようにすぐ隣を歩いているから、繋いでいる手はそれほど見えないかもしれないが、やはり気になる。

「周りの人に見られますよ」

「別にいい。それより、なるべく早く帰るから家で待ってて」

今日は、診察後は大哉さんのマンションに泊まる約束になっていた。

「……はい。ご飯作って待ってます」

「俺も残念だと思ってるから。ふたりで励まし合おう」

そう言って微笑みながら、繋いだ手の指で私の手の甲をするすると撫でる。甘えるような仕草は、逆に私を甘えさせているのだと彼はわかってやっているのだろうか。

確かに今日は、お互いに甘やかし合う時間が必要かもしれない。そう思って私も、彼の手を握り返した。

初夏で日が長くなってきており、まだ外は明るさを少し残していた。それでもあと三十分もすれば、すっかり夜になるだろう。

「じゃあ気を付けて」

「はい。お仕事後少し、頑張ってください」

正面玄関から外に出て、エントランスの隅で彼に背を向けて歩き始める。すると、私の正面からこちらへ向かって歩いてくる女性がいた。

どこかで見た気がする。……誰だったかな？

すれ違いざま、ちらりと目が合う。数秒考えていたが、思い出せなかった。彼女は私の後ろにまだいるはずの大哉さんに気が付き、微笑む。

「高野先生、お疲れ様です」

「ああ」

どうやら、ここの職員らしい。大哉さんの素っ気ない返事が聞こえて、私は一度振り返ると彼はまだそこに立っていて、ずっと私を見送っていた。少し気遣うような表情に見えたのは、私の気のせいだろうか。

私は小さく手を振って、再び前を向いた。

夕食は、焼き魚とお味噌汁《みそしる》、野菜の焼き浸しと和食のメニューでそろえた。思っていたより早い時間に彼が帰宅して、ちょうど作り終えたところだったので一緒に食事を済ませる。

その間、なんとなく今日の診察の話はお互いに避けていた。その話を切り出したのは、食後のことだ。

彼がソファに座り、私が近づくと手を取って膝の上に誘導する。しかも横座りで、両足をソファの上に上げさせられた。

上半身を抱きしめられて、私も観念して彼の胸に身体を預ける。

「ちょっと残念だったけど、別に急ぐことでもない」

「それはそうなんだけど、なんかこう、ここ数日の決意が……」

「予行練習になったと思えばいい」

彼はそう言ってくすくす笑うが、私はなんだかどっと力が抜けたような感覚だ。しかし、彼の言う通り、一度心の準備ができたのだから次の時に——。

いや、次って。本当は結婚するまではできたらダメなんだってば。あ、でも……。

「そうだ、結婚……」

考えてみれば、もう急いでする必要はないのだ。だけど、両親にはもう結婚の挨拶という名目で約束を取り付けてしまっている。

大哉さんのご両親にも、だ。まだ話が伝わっているというだけで、会ったことも話したこともないのだけれど。

だけど、まだ今なら——。

「するよ。結婚は」

私が考えついたことを、すっかりお見通しらしい彼が、きっぱりと断言した。

「えっ……でも」

「子供のことは、プロポーズとは関係ない」

私を膝に抱いたまま、彼は片肘をソファの肘置きに預けて頬杖をつく。そしてもう片方の手で、私の髪を掬《すく》って弄びながら言った。

「ご両親に挨拶することにもなってるし、結婚式は一年以内に考えた方が安心してもらえるんじゃないか」

「それは……そうですね」

今さら、やっぱり都合が悪くなったとかでごまかしたりすれば、両親は変に心配するだろう。それは避けたいし、なにより私も一度決めた結婚を白紙にすることを思うと、急に寂しく感じてしまう。

だけど続いた彼の言葉には、簡単に頷くことはできなかった。

「婚姻届は、予定通りすぐに出したい」

「えっ？」

驚いて大哉さんを見ると、彼は髪を弄っていた手を止めて真剣な目を私に向ける。

「でも、それは急ぐ必要ないですよ？」

「もう一緒に暮らす予定だし、ご両親の許可はちゃんともらう。それなら届だけは先に出しておいたらなんの不安もなくふたりで結婚式に備えられるだろう？」

彼の言葉は一理ある。しかも、同棲の許可を両親にちゃんともらうつもりでいてくれたことがうれしかった。彼は、私が不安に思うだろう部分に気が付き、理解しようとしてくれる。きっとふたりで幸せな生活を送れるだろうと、彼のことを知れば知るほど、そう思えた。

ただ、子供ができたかもしれないと慌てて両親に挨拶をすることになったから、この短期間での結婚話だったのだ。別の視点から思うと、あまりにも早すぎる決断であることには違いない。

「……大哉さん」

思い切って、口を開いた。妊娠したかもしれないと勘違いした時、私が一番に思ったことを、今ちゃんと伝えるべきだ。

「私、妊娠したかもって思った時、そのことよりも大哉さんにこのことを知らせるのが怖かった」

そう言うと、彼は悲しそうな顔をする。

「俺が信じると思わなかったから？」

「それもあるけど……責任とかそんな言葉が関係ない状態で、ちゃんと恋がしたかったから」

なにが言いたいのか、うまくまとまらなくて一度そこで言葉を区切る。彼は、黙って待っていてくれた。

「あなたに、責任とかで結婚を決意させたくなくて。ちゃんと恋愛期間を置いて、ふたりで考えたかったから」

優しい彼は、きっと結婚しようと言うと思っていた。だけどその妊娠が勘違いだったことがわかったのに、彼はその気持ちは変わらないと言ってくれている。

「雅」

迷う心も、彼にはお見通しだったのだろう。私を膝に乗せたまま、私の頬に手を添えて顔を上げさせる。目を逸らせないようにしてから、彼は言った。

「俺と一緒にいるのは嫌？」

「そんなことない、でも、あんまり急に色々なことが変わりすぎて、頭がついていかなくて……大哉さんは、本当にこのまま結婚していいの？」

両親への説明は必要になるが、一度白紙にすることはまだできるのだ。だけど婚姻届を出してしまったら、そうはいかない。

しかし、彼は私の問いかけに迷いもなく頷いた。

「雅にとっては、急なことでも、俺にはそんな感覚はまったくない。だからつい、気が逸ってしまうのは、悪いと思ってる。でも俺は、もう雅を逃がす気がないからな。だから言うんだ。雅の体調はすっきりしないままだし、ひとり暮らしさせるよりそばにいてくれた方が安心できる。それなら、きちんと籍はいれておきたい」

「大哉さん……」

そこまで、彼は私から一瞬たりとも目を逸らさなかった。彼は、確かに少し強引だ。でも、それを嫌だと思ったことはない。

しかも彼は、最初から責任などは関係ないと言った。妊娠がなくても結婚したいと思ってくれていたのだ。

「雅、俺と結婚してほしい。ずっと、好きだった」

熱の籠った目に射抜かれて、こんなにも言葉を尽くされてどうしてまだ不安など抱けるだろう。

その上、状況は確実に整えられていて、逃げるのは大変そうだ。もし、逃げたいのなら。

──逃げたい？

頭の中で、自分に問いかける。答えは『否』だ。彼が私に向けてくれる気持ちに、私は心を救われた。これからは私も報いたい。そうしてお互いを想い合えたら、それもまた、恋ではないだろうか。

彼となら、結婚した後でもずっとそんな関係でいられる気がした。夫婦になってからでも、恋をしていられる。彼となら。

「……はい」

ようやく頷いた私に彼はうれしそうに微笑んだ。私の頭を引き寄せて、唇にキスをする。目を閉じて応えると、より一層深く唇が重なった。

蕩けるような甘いキスに溺れながら、彼のくれた言葉が頭の中で繰り返される。

改めて伝えてくれたプロポーズの言葉が、胸の奥に小さな火種となって私の心も身体も温めていた。

彼女が知らなくていい話

伊東直樹という大学ＯＢに、二十歳そこそこのかわいい彼女がいる。

それを知ったのは、彼がいちいちその彼女を見せびらかすように連れてくるからだ。

別にそれ自体に問題はない。

ベタ惚れなんだな、などと周囲から言われていたが俺は知っている。彼は、バレないようにあちらこちらでつまみ食いをしていた。

遊びで済みそうな相手を選んではいたようだが、表立って一番大切にしている本命彼女の存在をやっかむ者は、少なからずいた。

偶然その現場に居合わせたのは、ＯＢと現役生で集まってバーベキューをした日だった。

「えーっ。伊東先生に家庭教師してもらって、そんなとこにしか入れなかったんだ」

嘲笑《あざわら》う女の声がして、共同炊事場の方へ近付く。ふたりの女に相対しているのは、小柄でまだ高校生といっても通じるくらいに幼い顔立ちの女の子だ。

「あはは、私、どうしても本番とか弱くて」

明らかに馬鹿にされているのに、彼女は笑って受け流している。

「あ、それよく言うよね、落ちた子とか」

「ねえねえ、伊東先生となんで付き合ってるの？」

あからさまな侮辱を笑い話のようにぶつけて、それで彼女が泣いて逃げだすのを狙っているのだろう。

これはキツいだろうなと助け船を出そうとした、その時だった。

「私もそう思います。なんで私と付き合ってくれたんだろうって、だから本当にうれしくって」

あははと笑う様子は幸せそうで、ふたりの女は虚を突かれたような顔をしている。

「あ、でも私も気になるので、今から聞いてみます。みんな不思議がってますよね、きっと」

「えっ、ちょっ」

途端に慌てだすふたりは、自分の名前が伊東先生に伝わるのはまずいと思ったのだろう。対する彼女は、今自分を虐《いじ》めようとしていた人間を撃退したことを理解しているのかそれとも天然なのか。

それが気になって、ちょっと離れたところから彼女の表情を見ていた。その時だ。

「雅！」

俺の背後の方から、彼女を呼ぶ声がする。彼女は、ぱっとうれしそうに顔を向けた。

俺の方、いや俺の背後の方へ。

「雅、こっちおいで」

おそらくは、後ろで手招きでもしているのだろうか。俺は、彼女に釘づけだったから背後まで見ていない。

ただ、彼女の表情が花のように綻ぶのを見ていた。うれしいと言った、あの言葉は嘘じゃないのだろう。そう思わせる笑顔で、彼女は小走りに俺の横を駆け抜けていく。

ちらりとも、俺の方は見ないままだ。それだけ彼に夢中なのだと、誰でもひとめでわかる笑顔だった。

一途で純粋。明るくて、疑うことを知らない。

そんな顔をさせられるのだから、きっと伊東先輩は彼女を大事にはしているのだ。たとえ時々、気晴らしのような遊びはしていても。

彼女が幸せならば、その表情を歪ませたくはなかった。だが、彼の浮気癖も知っていて、見ているだけというのは腹の底から気分が悪い。

俺なら絶対に、あの顔を曇らせたりしないのに。その気持ちは心の奥で澱《よど》んで黒く渦巻いて、彼女の笑顔に似合うような決して綺麗な感情ではなかった。

だから、たった一度だけ伊東先生に言ったことがある。俺も同じ病院に勤めることになって、後輩としてかわいがってくれていた彼から飲みに誘われた時だ。

彼女ではない、他の女性からの電話を思わせぶりな言葉であしらって切った後。

「伊東先生、あんなに健気な彼女がいるのに。隙があったらもらいますよ」

軽口のような雰囲気で言ったが、俺は本気だった。いや、言葉にしてから自分で気が付いた。彼は、酔った上での冗談だと思ったようだが。

「雅はダメ。かわいいだろ、俺しか見てないからな」

黒い感情を隠して、口元だけで微笑む。

それがきっと、俺の不毛な恋の始まりだった。


伊東先生を全身全霊で信じている彼女を見ていると、どうしても苦しくなる。だからあまり関わらないようにしていた。

女癖の悪い男なんてどこにでもいるし、彼女のことは伊東先生も特別大事にしているようだったから、それならいつか変わるかもしれないと思ったからだ。

しかし数年後、状況が段々と彼女にとって悪い方へ変わり始めた。聞けば、彼女の勤めていた会社が倒産し、再就職に苦労したらしい。

『あいつ派遣でしか雇ってもらえなかったらしくてさー』

『えー。かわいそー』

『仕事も大したものがないせいか、時間持て余してんだろうな。呼べば飛んでくるんだよ』

その頃から彼女がいない酒の席で、看護師相手に彼女を貶《おと》しめるような言動をするようになった。

そうしておきながら、酔ったら迎えにだけ呼びつけるのだ。

だというのに相変わらず、彼女の目は伊東先生しか見ていない。花のような笑顔も、変わらない。


そして今年の春、初恋の彼女との再会というドラマチックな状況に、あの男は夢中になった。

彼女以外の女との逢瀬を楽しむような、今までの火遊びとは違うと目を見ればわかった。病院内でも人目を忍んで抱き合って、結局誰かに目撃されて噂になっている。

以前は、勤務中に院内でなど、そこまで節度のないことはしていなかった。

女の方も、恋人がいるとわかっていても会いたい、だけど奪い取るほど悪役にはなりたくない。叶わない恋に酔う悲劇のヒロインぶりには反吐《へど》が出る。

彼女を悪役に仕立てて、自分たちの恋に酔っているのだ。

――それなら、俺がもらってもいいだろう?

歓送迎会のある飲み会に向かう途中、伊東先生とふたりで歩いている時に、さりげなく話を振った。

『後藤さんは、元気ですか。最近見ませんが』

『あー、今日はこの後会う予定になってんだけどさ。多分、駅で待ってんじゃないかな』

知っている。以前のように店まで呼びつけることをしないのは、幼馴染のあの女と会う可能性があるからだ。

使用頻度の少ない、一般外来のフロアとオペ室を繋ぐ階段の踊り場でふたりはよく話をしていた。

女の方は、今日は以前勤めていた病院の仲間と会う約束が以前からあったらしい。何時になるかわからないと言いつつも、その後にもしも会えたらいいけれど、などと思わせぶりな約束の仕方。

伊東先生が後藤さんと会う約束をしたのは、あの女への当てつけも含めていて会えない場合の保険でもあり、それでいてどちらへも罪悪感を抱いている。

『相変わらず想われてますね』

『だろ。俺にベタ惚れだから』

だから、なにをしても離れることはないと思っているんだろう。それが、隙になっているなんて、もうこの人は新しい恋に目が眩《くら》んで気付いてもいない。

案の定、歓送迎会がもうすぐお開きになるという頃、伊東先生がスマホを気にし始めて、顔色が変わる。いそいそと電話をしにその場を離れるのを見て、俺は先に店を抜け出すことにした。どちらの女からの連絡か、あの表情を見ればわかる。

家には向かわず、駅の方角へ足を向ける。予想通り、そこには待ちぼうけを食っている彼女がいた。

『こんばんは、高野先生』

かつて見た笑顔とは違う、寂しさを滲ませた彼女の瞳に胸が痛む。これから、どうやってあの男の不実を彼女に知らせようか。敢えて泣かせることにはなるけれど、絶対にひとりにはしない。

白々しい表情で俺は言った。

『後藤さん、伊東先生待ち？』

一度目、駅で彼女に声をかけた夜は、食事に誘ったが断わられた。ひとりにはしたくなくて、さらに初めて持てるふたりの時間を逃したくなくて、家まで送ると言った。警戒した彼女に不意打ちで電車を降りられてしまい、駅までしかわからなかったが。

そうして二度目になる昨夜、俺はようやく彼女を腕の中に閉じ込めた。

がしゃん、と音がしてスチールの用具入れに背中を打ち付ける。俺は手を出していない。伊東先生が俺の白衣の胸倉をつかみかかってきたのだ。

「お前っ……わざとだろう⁉」

その言葉に、無言で返す。

もちろんわざとだ。一度目の夜と似たような展開で、昨夜、伊東先生が女連れであの店に来ることを俺は知っていた。いいかげん、あの階段の踊り場が逢引の場所だと周囲に知られていることに、気が付いた方がいい。

手首を掴み、強く、握りつぶしてやるくらいの気持ちで力を入れると伊東先生の表情が歪む。

「こんなところで声を荒げたら、人が来ますよ。伊東先生」

悔しそうに、渋々彼が手の力を抜き俺の白衣を離す。こちらも握力を緩めると、勢いよく振り払われた。

自業自得だろう。俺はちゃんと宣言した。

「だから、言ったじゃないですか」

「……なんだよ」

「隙があったらもらいますよって。最近の伊東先生は隙だらけでしたから、助かりました。ありがとうございます」

一瞬、なんのことかわからなかったようで、彼は眉根を寄せていた。だが、しばらくしてじわじわと驚きの表情に変わる。

「……お前、昔の。あれ、本気だったのか」

その言葉に、俺は口角を上げて答えた。

伊東先生が、本当はまだ迷っていたのはわかっている。あの女と彼女の間で、心の奥では揺れていた。だから、幼馴染との再燃した初恋に夢中になっていながらも彼女に別れ話をすることもしないでいたのだ。

たったひと月そこらの迷いだった。だが、忙しさにかまけて構ってなかったツケもきていたようだ。

迷っていたのだから、いいだろう。

俺がそれ以上に、大切にするのだから。

選択肢のひとつをなくしてやったのだから、感謝されこそすれ、恨まれる覚えはない。

何年も見続けて、初めて見つけた隙だった。逃すわけがなかった。

「どうぞ心置きなく、伊東先生は幼馴染の彼女と純愛を育んでください」

言わせてもらうが、その彼女の方は全部計算で媚《こ》びているのが、はたからみれば丸わかりだった。

後で悔いてももう遅い。その状況になるまで、俺はあの子の心を早く捕まえなくてはいけない。

――今頃、もう自分の家に帰ってるだろうな。

時計を見れば昼をとっくに過ぎている。帰るまで居てくれたらうれしいとは伝えたが、きっと待ってはいないだろう。置いてきた合い鍵を彼女が持って帰っていたらいいのだが。

後は、永井さんに頼んで、彼女と連絡が付くようにしなければならない。携帯番号を書いて出ようかと思ったが、彼女からは絶対連絡はしてこないだろうとやめておいた。

それなら、慌てて忘れたフリをしておいて、苦労して永井さんを説得した方が、彼女の良心に訴えられる。

しかし、この永井さんが思ったよりも強敵だったのだ。それが、計算外だった。


「えっ。高野先生って雅の連絡先知らなかったんですか」

永井さんのいる病棟フロアに赴き、話をする時間を作ってもらう。売店のソフトドリンクコーナーでそれぞれ飲み物を買い、壁に備え付けられたベンチに座っている。

連絡先を教えてほしいとまずは簡潔に伝えると、驚かれた。

「知ってるのは永井さんくらいじゃないか？　俺も他の奴も多分知らない。伊東先生経由でしか、彼女とは関わってないからな」

伊東先生はああ見えて、案外彼女のことになると独占欲が強かった。年下の恋人を自慢げに見せびらかすようにしながら、直接彼女と連絡先を交換しようとする人間には目を光らせていた。

それができたのは、おそらく彼も止められないくらいに後藤さんと仲よくなった永井さんだけだろう。

「へえ。じゃあ、それが急にどうしたんです？」

警戒されてしまったようで、彼女の声と目つきが、探るようなものに変わる。俺は少し考えてから答えた。

「理由はあるが、まずは後藤さんに俺が連絡を取りたがっているってことを伝えてほしい。それで了承がもらえたら、俺の連絡先を彼女に教えてくれたらいい」

これなら、後藤さんに決断を委ねる形になるし、永井さんも断る理由はないと思った。後藤さんの性格を考えるに、連絡が欲しいと言ってる相手をそのまま無視はできないはずだ。

しかし、永井さんはすぐには首を縦に振らなかった。

「……平常時なら、別にそれで問題ないと思うんですけどね」

彼女は難しい顔を浮かべて、パックコーヒーのストローを口に咥《くわ》える。

「……伝えてさえくれたら、彼女は断らないと思う」

俺がそう言うと、彼女は目を鋭くさせた。

「もしかして、〝金曜夜〟にあったことと関係ありますか」

その言葉は、つまりもう後藤さんが永井さんにある程度のことを話したのだと理解する。ただ、それがどこまでなのかわからない。

「目の前で見ていた。ひとりにできなくて一緒にいた」

知っていればある程度の推測ができ、知らなければどうとでもとれる言葉を選んで口にすると、永井さんの表情は嫌悪感を浮かべた。

ただし、俺に対してというわけではなさそうだ。

「あの男、幼馴染かなんだかにたぶらかされて、燃え上がって馬鹿じゃないの。いちゃついてる時の馬鹿面、見れたもんじゃなかったわ」

どうやら彼女もどこかで見たらしい。あの男が、理性を失くすくらい燃え上がっていたのは間違いない。

「高野先生が、どういうつもりで雅に会いたいのかわからないけど」

イライラを隠さない荒っぽい仕草で、永井さんは飲み干したパックコーヒーをくしゃりと握りつぶす。

それをゴミ箱に放ると、俺を振り向いた。

「傷心中の子に、むやみに誰か近付けるのもどうかと思うので、できません」

互いに、仕事の隙間時間での短い会話だった。それ以上の時間はなく、引き留めることはできなかった。

もちろん、それで諦めるわけはないのだが。

二度目は彼女の仕事終わりを捕まえた。元々、ちゃんと話をするには人に聞かれるような場所ではしづらい。名刺にプライベートのスマホの番号とメッセージアプリのIDを記載したものを渡した。

後藤さんに伝えてもらうためだけでなく、永井さんと話をするためでもあった。おそらくこのままでは、すぐには繋いでもらえないだろう。

俺は、気が急いていた。長く彼女をひとりにしておきたくなかったのと、色呆けから目を覚ました伊東先生がふたたび彼女に接触しようとするのを、避けたかった。まして、俺が関わったことで伊東先生が意地になる可能性がある。昨年ぐらいから、敵視されているのはわかっていた。

名刺を渡したその日の夜、メッセージアプリの知り合いの中に永井さんのIDが加わった。後藤さんに繋ぐよりもまずはと、俺の連絡先を自分のアプリに登録したのだろう。

それさえできれば、後はひたすら真摯に永井さんを説得するだけだ。

互いに仕事があるし、外で会うには俺は時間が惜しい。それから数日かけてメッセージのやり取りと電話で、あの夜のことはぼやかしつつ、後藤さんへの気持ちが真剣なものであると訴えた。

接触を避けながらの数年かけた片思いなのだと知ると、永井さんには若干引かれたが、今は後藤さんを捕まえられればそれでいい。

「早くしなければ、伊東先生が惜しくなってまた彼女に手を伸ばそうとするかもしれない」

これが決定打となって、俺は再び彼女に会いに行く権利を得た。

心は後からでもいい。急くよりはゆっくりと、その方がきっと確実に彼女の心を得られるだろう。

暫定恋人でも構わないから、その立場さえあれば伊東先生から彼女を守れる。そう思っていたのに、ある日彼女が妊娠したかもしれないと言った。

——避妊は、確実にした。

いくら夢中になっていたからといって、彼女の身体を思えば無責任な真似はできない。それくらいの理性は残っていた。

百パーセントとは言えない。だが、失敗した時はある程度、その時に気が付くものだ。だとしたら、妊娠ではなく彼女の体調が崩れている可能性もある。

——体調の様子を見て、一度受診させた方がいい。

それに加えて、俺は思いついてしまった。

受診するまではっきりとはわからない。今なら、この関係をもっと確実なものにできるのではないかと、思いついてしまった。

「後藤さん、有給取るなんてめずらしいね」

課長に有給のお願いをしてデスクに戻ると、稲盛さんに声をかけられた。

「すみません。稲盛さんも体調が悪かったら言ってくださいね」

「大丈夫大丈夫。今のとこなんとかなってるし」

稲盛さんは、つわりに苦しみつつもとりあえず毎日出勤できている。このまま体調に問題がなければ八カ月までは働いて、九カ月から産休育休に入るという。

「あんまり無理はしないでくださいね」

「ありがとう。それより、週の真ん中に一日だけ有給って、なにかあるの？」

尋ねられて、私も正直に言うことにした。結婚したらどっちみち、報告することになるのだ。

「ちょっと、実家に」

「え、わざわざ有給使って？」

「お店をやってるので、定休日が水曜にしかなくて。……その、一応、彼氏と挨拶に。

なので、両親の都合に合わせるのが筋かなと……」

私がそう言うと、稲盛さんは目を見開いて、それからにやける口元を押さえながらコロコロと椅子を転がして近寄ってきた。

「それって、もしかして……結婚？」

「まだ先にはなりますけど、その予定で」

こそっと耳元で囁かれて、赤くなりながら頷いた。

「おめでとう！　えっ、じゃあ、こないだ言ってたのはやっぱりそうじゃないの？」

言いながら稲盛さんの視線が私の下腹を見る。

「違いますって、それはほんとに」

「そう？　私に遠慮しないでよ」

「はい。稲盛さんも。それと、来週水曜にお休みいただけたので、それまでに前倒しで仕事片付けていきますね」

ぐっと拳を握って見せると、私はパソコン画面に集中した。

実家に連絡を入れてから、約一カ月が経つ。梅雨に入って、じめじめとした過ごしにくい季節になった。

その間に、遅れていた私の生理は復活した。後から色々と情報収集したところ、妊娠検査薬というのは市販のものでも実に優秀で、ちゃんとした期間に行った検査結果はかなりの確率で間違いないのだという。つまり、私がひとりで焦って混乱して空回っていたことになる。

生理が来たことを複雑な気持ちで大哉さんに報告すると、彼は「体調が戻ってよかった」と笑って抱きしめてくれた。

この人は、本当に、人間ができすぎていないだろうか。こんな人の奥さんに私が……と恐れ多くなると同時に、よかったと思えた。

彼に出会えてよかった。結婚は早々に決まっているけれど、私はちゃんと日々、彼に恋をしていた。

そして、私たちはいつのまにか半同棲状態になっている。デートの後は泊まってほしいとせがまれることが多くて、離れがたさを感じる私もつい甘くなる。それに合わせて着替えを持ち込めば後はもう、なし崩しだった。

まあ、両親への挨拶が済んだら、婚姻届をすぐに出して一緒に住むことは決まっているのだから、全然いいのだけれど。

どうしてか、大哉さんと話していると、強制されるわけでもないのに結局は彼の思う通りになる。私が、御しやすいのだろうか。

実家に行く日は、大哉さんが診察や手術の都合をみて、来週に決まった。それほど遠いわけでもなく、車で一時間くらいの距離だが帰るのは久々だ。
おまけに、大哉さんを紹介するのだから今からめちゃくちゃに緊張する。といっても、電話で大哉さんと母が話をした後日、母からまた電話があってかなり喜んでいたのでまずなんの問題もなく終わるだろう。父はおとなしい人で、我が家では母の発言が一番強い。
《お医者さんなんてカッコいいわねー。ねえねえ、どんな人？　見た目は？》
あんまりはしゃいでうるさいので、大哉さんの画像を撮って送ったらなおさらうるさくなった。わが母ながら、ミーハーな人だと思う。

大哉さんは、忙しくても一日一度は必ず連絡を入れてくれる。遅くなっても病院の仮眠室は使わず家に帰って来てくれるので、彼に対して不安に思うことはまったくなかった。

とても穏やかに優しく、日常が流れていく。今週も同じように平日が過ぎていき、土曜日の昼のことだった。

大哉さんは病院で、夕方からカンファレンスに呼ばれているとかで、夜も遅くなると聞いている。

私は金曜の夜から泊まっていて、午前中に家事を済ませて、昼からはダイニングテーブルで医療事務のテキストを開いていた。

前に、大哉さんにも相談したことがあるけれど、働きながら無理しない程度で勉強することに決めたのだ。

結婚するとしても、資格はとっておくに越したことはない。医療事務にも何種類かあるようで、必要に応じて挑戦していったらいいと大哉さんも応援してくれた。

集中して二時間ほど経過した時、スマホの着信音が鳴って顔を上げる。

「……また」

通話着信で表示されているのは、伊東先生の名前だった。別れてからスマホに連絡があったのは、これで二度目だ。

一度目はスルーして、かけ直しもしなければそれっきりだった。メッセージもなにもない。もしかしたら、間違えたのかもしれないと思い気にしないようにしていたが……。

「二回も間違えるって、あるかな？」

鳴り続けるスマホを手に、私は困惑していた。

もちろん、出るつもりはない。だけど、着信拒否などは返って刺激すると思い、なにもしていない。番号も登録したままだ。その方が、伊東先生からだとすぐにわかって出ずに済む。

大哉さんと同じ病院ということもあってあからさまな拒絶もしづらい。彼は伊東先生のことを私に一切言わないけれど、サチからちらっと聞いた限りではあれからもあまりいい関係ではないようだ。

だからこそ、これ以上険悪な空気になって大哉さんに迷惑がかかることだけは避けたかった。

伊東先生からの着信の理由はわからないまま、迎えた翌週の水曜日。今日は梅雨の晴れ間で、少し蒸し暑い。

自分の親に男の人を紹介する。それがこんなにも緊張するものなのだと、初めて知った。

私の実家は、都内から一時間ほど車を走らせた町にある。予定よりも早く、午前中の十一時に着いたけれど、今日はお店は休みだから問題ないはずだ。

近くのコインパーキングに車を停めて、五分ほど歩くと見えてくる。赤いレンガ造りの古びた喫茶店が私の実家だ。二階と三階が住まいになっていて、店舗は一階のみ。

「小さい頃は祖父と祖母がやっていて、母が手伝ってたんです。でも途中から祖父の体調が悪くなって、父が思い切って会社辞めて引き継いだんですよ」

私が成人する前に、祖父も祖母も亡くなってしまったが、今は両親が夫婦でやっている。

「大切にされているんだな」

「っていうか、父は会社勤めが辛かったらしいです。のんびりした人なんですよね。あ、これ内緒って父に言われてるので聞かなかったことに」

しー、と人差し指を立てて唇に当てると、彼は微笑んで「わかった」と頷いた。

あと数メートルで、実家のドアを叩かねばならない。緊張して胸に手をあて深呼吸をする。大哉さんの方は、まったく気負った様子がない。

「なんで大哉さんの方が落ち着いてるんですか」

「殴られる覚悟は決めてあるから、それ以上悪いことにはならないだろうなと」

「それはないです。だってさっきも言ったけど本当にのんびりした人なんですよ」

「いや、そうだとしても、こういう時はやっぱり違うものだろう？」

大哉さんは、そう言うけれど、私はやはり怒って殴る父は想像できない。

「まあ、あとはなるようになれだな」

喫茶店の入り口の前に着く。クローズの札がかけられているが、鍵は開けてくれているはずだ。

彼はきゅっとネクタイの結び目を握って整える。私も、ワンピースのスカート部分を軽く手で撫でつけてから、ドアを押し開く。

コロン、コロン。

子供の頃は毎日聞いていた、懐かしく優しいカウベルの音が響いた。


両親に大哉さんを紹介し、大哉さんにも両親がそれぞれ名乗って挨拶をした後、父が入れてくれたコーヒーと、店で出している一番評判のいいロールケーキを食べながらしばらくの間雑談をした。

ほどなく打ち解けたところで、大哉さんが私との結婚の意志を両親に伝えてくれたのだが……彼が言っていたように、父は途端に豹変《ひょうへん》した。

といっても、彼に殴りかかったわけではない。片手で両目を覆い、俯いたかと思ったら肩を震わせ始める。

「うっ……うっ……雅がもう嫁に行っちゃうなんて」

泣き真似か、もしくはちょっと涙ぐむくらいかと思ったら、目を覆った手の指の隙間から、ぼたぼたと涙の雫《しずく》がこぼれてくる。

これ、ガチ泣きだ、とびっくりした。父は物静かな人で声を荒げることは滅多にないが、こんな風に泣くところも見たことがなかった。

殴られる、と覚悟を決めていた大哉さんだったが、これほど大泣きされる覚悟はなかったらしい。落ち着いて見えるが、父を見る目がおろおろと狼狽えているのが私にはわかる。

「もう！　ちょっとお父さんったら。ごめんなさいねえ、大哉さん。気にしないでね、うちはこののほほん娘をあなたみたいな人に守ってもらえたら安心できます」

「のほほん娘ってなによー」

「のほほんとしてるじゃないの。この子ったら、高校受験や大学受験もサボるわけじゃないんだけど、どこかのんびりしててねえ。見てたこっちがヒヤヒヤしたわよ」

「う、うるさいなー！」

母は、泣いてる父を放置して自分のペースで話し始める。しかし、うっかり受験の話になりそうで、私は慌てた。

だって、受験生の頃に家庭教師としてバイトに来たのが、伊東先生だ。その話題は、もうぶり返したくない。

「本番に弱いから、本命には落ちちゃうし」

「ぶ、部活は頑張ってたでしょ！」

「バドミントンね。あれだって、友達同士でやったら勝てるのに試合本番になると負けちゃうじゃないの」

無理やりだが、どうにか話を逸らすのには成功した。伊東先生が家庭教師だったことは大哉さんも知っていることなのだが、やっぱり話題に上げたくないし両親に思い出してほしくない。

「バドミントンやってたのか」

「はい。母の言う通り負け試合が多かったけど、部活の友達はみんな仲がよかったので楽しかったですよ。そういえば、大哉さんはなにをやってたんですか」

「俺は、中高一貫で剣道をやっていた」

「剣道！」

「まあ、剣道！」

私と母の声がほぼ重なる。だって、大哉さんの剣道をしているところが頭に浮かんで、ものすごく似合うと思ってしまったのだ。

母とふたりで手放しでほめると、蚊帳《かや》の外になっていた父がまた「雅ちゃん……」と泣いていた。

「カッコいい！」

「似合います！」

「それで、式はいつ頃に？　あ、もちろんするのよね？」

母が父の背中を撫でながら、ウキウキとした様子でこちらに身を乗り出す。そういえば、許すという言葉もなにもないままだが、さらっとＯＫが出た様子で話は進んでいた。

「えっと、式とかはまだ考えてなくて……でも、こぢんまりとしたのでいいからしたいな」

後半は、ちらりと隣に座る大哉さんを見て言った。彼は、優しく目を細めて頷いた後、両親の方へ視線を向ける。

「準備もありますし、一年後くらいになるかと思います。ですが、お許しいただければ入籍は早めにと考えています」

「ああ、籍だけ先に入れておくってこと？　いいんじゃないかしら。ねえ？　お父さん」

　母の方はあっさりと言い、父はまた涙目である。その父に向かい、彼はもう一度頭を下げた。

「彼女が一時期体調を崩しておりました。別に暮らしていると、仕事の関係で忙しくあまり会えなくて、気付くこともできません」

　大哉さんの言葉に、父も母もそろって私を見た。

「そうなのか、雅」

「あんた、なにも言わないから！　どこが悪かったの？」

　ふたりとも心配を隠さない様子で、私は慌てて顔を横に振った。

「大したことないの！　ちょっと、精神的に参ってたりして、食欲がなくなって」

「そういやなんだか痩せたなって思ってたのよ！　なにかあったらちゃんと相談しなさいって言ってるのに」

　母が怖い顔をしてそう言うけれど、相談する間もなく怒涛《どとう》の流れで今ここにいるんです、とはちょっと言い難い。

「せめて一緒に暮らしていれば、忙しい中でも顔を見られる時間が増えます。どうかお許しいただけないでしょうか」

　最後の許可は、母は口出ししなかった。父は、今度は泣き顔ではなく、難しい顔をしてなぜか私の方を見た。私はつい、祈るように両手を組み合わせて父を見つめる。

おそらく、一分も経たない。だけど長く感じた数十秒後、父はふっと長いため息をついて言った。

「娘を、どうぞよろしくお願いします」

母とふたりで、テラスから庭に出る。大哉さんは、父とふたりテーブルで向かい合っている。彼の方から、私のことを聞かせてほしいと父に話しかけていた。

「モッコウバラ、育ったねー」

残念ながら花は終わってしまったけれど、蔓はしっかりアイアンアーチにくるくると巻きついている。

「あのフラワーセンターのやつに負けてないでしょ？」

「お母さん、なんで張り合うの」

それは、私が大哉さんと行った時に撮った画像のことだ。あの時のメッセージもだけど、なんでそこで争うのか。

くすくす笑いながら目についた雑草を抜き始めた母の横で、私も同じように手を伸ばす。何年ぶりだろう。高校生ぐらいまでは、時々手伝っていたけれど。

お店の窓からお客さんに楽しんでもらえるように、造園業者が入って整えてくれているが、それだけでは追いつかない。

特に初夏頃から秋までは抜いても抜いても、雑草が生えてくるのだ。

「庭のお手入れ、大変じゃない？」

私でも、屈んでやっていると数分もすれば腰が痛くなってしまう。

「大変よー。いつまでできるかしらね、お父さんもお母さんも」

「無理しないで全部業者に頼んだら？」

「馬鹿ね、どんだけ高いと思ってるのよ」

「でも……」

詳しい金額は知らないけれど、結構高いのは知っている。

「ま、手が回らなくなったらモッコウバラだけ残してあとは処分するかもしれないわ」

子供の頃からあるものがなくなっていくのは、どこか寂しい。そして、自分にも多少の責任はあるのだ。

「ごめんね、ひとり娘なのに、引き継がなくて」

それは、この庭も含めた喫茶店のことだ。私が継がなかったら、両親が辞める時に閉店するか、他の誰かの手に渡る。

祖父の代からやってきたのに、自分の代でそれをなくすのはやはり申し訳ない。だけど、進路を決める時に、両親が継ぐことなんて考えなくていいと言った。

私も、自分の職業として喫茶店、カフェ、というのはピンとこなかったし、商売をするような自信もなくて、普通の会社勤めを選択した。

後悔はしていないけれど、いつかなくなると思うと寂しさは募る。

今回の実家帰省が、自分たちの結婚のことだからこそ、だろうか。どうしても感傷的な気持ちになる。

「うん？」

「別に継いでほしいなんて誰も思ってないわよ。本当はお祖父さんの代で終わってたってよかったんだから。ああ、でも」

「もし庭付きの家を買ったりするなら、モッコウバラをちょっと持っていきなさいな。挿し木をしたらいいわよ」

「ほんとに？　その時は大事にする」

「お祖母ちゃんが喜ぶわ。あ。大哉さん来たわよ」

母の声で店の方を振り向くと、大哉さんがテラスから庭に下りてきているところだった。

「ふたりでのんびり、庭を見るなり部屋に行くなり、ゆっくりしなさい」

母がぽんと私の肩を叩くと、大哉さんの方へ歩いていく。ひとことふたこと、言葉を交わした後、母は店の中へ戻っていった。

彼は、微笑みながら私の方へ歩いてくる。

「お父さんとふたりで大丈夫でした？」

「大丈夫。とても大事に育てられたんだなあと、お義父さんの話を聞いて思ったよ」

「そう？　かな？」

「なんか、雅がこんな性格なのがよくわかった気がする」

「……誉め言葉？」

「もちろん」

両親いわくのほほん娘な私の性格は、少なくとも彼にとってはいい部分であるようだ。彼が、私の正面に立ち、頬を指の背で撫でる。

それから、これはもう無意識か条件反射のようなものか。彼が腰を屈めて顔を寄せようとして、私も瞼を閉じかける。

そして、ここは実家だということをハタと思い出し、拳一個くらいの距離で止まった。

「……さすがに実家でキスはまずいな」

確かに、親にキスシーンを見られるのは、絶対嫌だ。そんなのは誓いのキスだけでいい。それでも恥ずかしいのに。

だけどここへ来てから落ち着いて両親に対応してくれた大哉さんに私は惚れ直していて、ちょっと甘えたい気分だった。

ひょこ、と彼の身体の横から、店の方を覗いてみる。

さっきまで窓際にいたふたりの姿は見えなくなっていた。きっと、厨房《ちゅうぼう》の方へ行ったのだろう。

「……今、見てないです」

身体を元に戻して、こっそりとそう言った。

彼が、キスを強請った私にふっと目元を緩ませる。私の両肩に手を置いて腰を折り、背中で私の身体を隠すようにして、そっと唇を重ねた。

「じゃあね。これからすぐ行くんでしょう?」

帰り際、母が店の前で見送ってくれている。父は、明日の食材の仕入れに先ほど出かけて、今はいない。

母の言葉に、大哉さんはにこやかに答えている。

「はい。今日を逃したら、平日に行ける日はそうないですし」

なんの話をしているかというと、役所に私の戸籍謄本を取りに行く話である。そして今、私のバッグの中には、私たちふたりと、証人の欄には両親の署名が書かれた婚姻届が入っている。これで、いつでも提出できる。

あの後、庭から戻ると母がいきなり言ったのだ。

『早くに婚姻届出したいなら、今日は持ってきてないの？　証人の欄、私たちが書くけど。あ、大哉さんのご両親が書かれるかしら』

それはまだ、と私が言う前に、彼が自分のバッグから茶封筒を出してきた。中身は以前にダウンロードしてあった婚姻届だった。しかも、失敗用に五枚分入っていた。

『実は、お願いしたいと思っていました。うちは電話で話はしていますし、こだわる両親でもないので問題ありません。これからふたりで書くので証人のサインをお願いできるでしょうか』

それで急遽《きゅうきょ》、婚姻届記入大会が始まった……といっても、まずは本番に弱い私からと言われて三枚立て続けに失敗し、四枚目でやっと最後まで書き終えたら大哉さんも両親もノーミスだった。

あんな大事な書類に記入するの、緊張するのに決まっているのに。どうして誰も失敗しないのか。

だけど、和気あいあいとした楽しい雰囲気で、大哉さんもうれしそうに私の手元を覗き込んでいて、幸せな時間の中で書けてよかったとは思う。

だからといって、すぐ提出するのはやっぱり急展開には違いないのだけど。大哉さんと一緒にいるようになってから、時々ジェットコースターに乗っているような気分を味わうことがある。

複雑な気持ちで笑っていると、母が言った。

「なあに。変な顔して」

「ううん、なんでもないけど、色々スムーズに行きすぎて、拍子抜けしたというか気が抜けたというか……」

すると、母は苦笑いをして腕を組む。そして大哉さんに視線を向けた。

「すぐに入籍して一緒に住みたいって彼が言った時は、お父さんかなり苦悩してたけどね」

「えっ、そう？　確かに悩んではいたけど、そんなに長くはなかったよ？」

「そりゃ、雅が縋りつくみたいな目でお父さん見るんだもの。認めるしかないでしょうよ。本人が望んでるなら、私たちはそれ以上言うことはないし」

「えっ」

私はあの時、そんな顔をしてたんだろうか？　とてもハラハラはしていたけれど。

思い出すと、顔が熱くなって汗が滲み出てきた。隣の大哉さんからヒシヒシと視線を感じるけれど、きっと彼はうれしそうに笑っていそうだ。

「私もお父さんも、雅が元気で幸せでいてくれたら、それでいいのよ」

そう言った母の顔は、からかうでもなく穏やかに見守っていてくれるようなもので。決して簡単に決めたことではなかったけれど、私が幸せだと思えるならそれでいいのだと言ってくれたことは、少なからずこの選択を後押ししてくれた。

「……うん」

視線は母に向けたまま、隣にいる大哉さんの手を自分から掴んで繋いだ。

「幸せです。心配してくれてありがとう」

彼の指が、ぴくりと反応する。その後、強く握り返してくれた。

大哉さんのご両親には、その日の夜に彼がパソコンのビデオ通話で連絡をした。以前にも電話でご挨拶だけはさせてもらっていたが、今回はちゃんと顔を見せたかった。

彼のご両親は九州《きゅうしゅう》に住んでいて、すぐに会いに帰れる距離でもないのだ。おふたりともまだお仕事も現役で、忙しいこともあり無理に会いに来なくていいと言ってくれた。

とても静かで穏やかな人たちだった。前回は声だけだったのが、直接ではなくても顔を見せて会話ができて、少し安心した。

会わないまま一緒に住むことになったこと、婚姻届のことも申し訳ない思いで説明すると、逆に恐縮されたくらいだ。

『大哉は、滅多にわがままは言わないくせに一度言い出したら絶対聞かないのよ。雅さん、ごめんなさいね。どうしても嫌なことはちゃんと言っていいのよ』

随分と念押しされたけれど、呆気なく結婚のお許しをもらうことができたのだった。

その週の日曜日。土曜は彼が当直だったため、起きるのを待ち夕方から一緒に役所へ行った。閉まっていたが、休日用の窓口で無事に私たちは婚姻届を提出した。

「お祝いになにか食べに行こうか」

駐車場まで歩きながら、暗くなりかけの空を見る。残念ながら、ビルに隠れているのだろう。あの星は見当たらなくて、隣の彼を見上げる。

優しく弧を描く彼の目に、きゅっと心の奥を掴まれたような感覚になる。幸せなのに、苦しくて切なくて、もっともっとくっついていたくなる。

「お祝いより、家がいいな」

恥ずかしいよりも、欲求の方が強かった。

「もっとちゃんと、実感したい」

途端、彼の目に優しさ以上の熱が灯る。

停めてあった車に乗ったかと思えば、すぐに運転席の彼に抱き寄せられた。両手で頬を包まれて、まずは唇以外の場所にキスを受ける。

額、瞼、頬。早く唇にキスしてほしいと、焦らされているのは私のはずだ。なのに、肌にかかる彼の吐息が私以上に熱い。

「雅」

「ん……」

「今日から、俺の妻だ」

はい、と返事の声は彼の口の中に呑み込まれる。溺れるような口づけを受けながら、私は今夜名実ともに彼のものになったのだと実感した。

婚姻届を提出し、無事に高野雅になった。

その日から、もとのマンションには必要なものを取りに行くぐらいにしか帰ってい
ない。足りないものは買い足して、不要なものは引き取り業者にお願いして近々引き
払う予定だ。

動きだしたら、あっという間に事は進んだ。

総務課から、名字の変わった新しいＩＤカードをもらって、ついデスクでニヤニヤ
と笑ってしまう。

すると、隣から稲盛さん……改め加藤《かとう》さんが話しかけてくる。

「顔が緩んでるわよー、高野さん」

「だって、うれしくて……加藤さんもわかりますよね？」

「わかる。よくわかるよー」

そう言う彼女の顔もやっぱり緩んでいる。彼女も同じように、名字が変わったとこ
ろだからだ。

「いきなり結婚しましたって言うから、てっきり私と一緒でデキちゃったのかと思ったわ」

「それは違いますってば。でも色々考えて、先に入籍して追々結婚式をしようってことになって」

正直、結婚した後が色々と面倒な手続きがあって大変だった。会社に報告はもちろん、運転免許証、銀行やクレジットカードなど、各所に連絡、書類の提出をしなければならない。

最初は頭が混乱しそうになったけど、ひとつひとつ、高野姓のものが増えていくのはやっぱりうれしかった。

にやける口元をどうにか引きしめ、IDカードを引き出しに入れると気合をいれてパソコンに向かう。

「それにしても、高野さん、結婚したら仕事辞めるっていう選択肢はなかったの？」

「えっ⁉」

びっくりして手を止めた。

「だって、相手お医者さんでしょ？　収入は充分じゃない？　専業主婦もいいと思うけど」

「あー……なるほど」

彼女の指摘に、納得する。確かに、専業主婦という選択肢もある。だけど、私はそれは考えていなかった。

そんなに大きな収入はないし、しがない派遣の事務員だ。それでも、人と関わって働くのは嫌いじゃないし、大哉さんに全部寄りかかるよりはちゃんと自分の居場所も持っていたい。まだ始めたばかりの医療事務の勉強もあるし、ちゃんと資格が取れたら派遣会社にも相談してみるつもりだ。

大哉さんも、そのことにはなにも触れなかった。勉強をしているのも応援してくれているし、きっと私のしたいようにと思ってくれているんだろう。

「私は、やっぱり働いてたいです。邪魔にしないでくださいね」

冗談めかして言うと、加藤さんは「邪魔なわけないでしょ」と笑って言った。

すべてが順風満帆の中にいた。そのおかげで、私はすっかり忘れていた。

仕事が終わって、ロッカールームで大哉さんにメッセージを送る。

【今から帰ります。大哉さんは遅いんですよね。お夜食用意しときます】

今日は金曜で、明日の土曜は私はお休みだ。だから、彼の帰りが遅くなっても起きて待っていられる。

メッセージに既読は付かなかったが、後で見たらなにか送ってくれるだろう。

ロッカーを閉めてスマホをバッグに戻そうとした時、手の中でスマホが振動した。

「あっ」

長い振動は、通話着信だ。大哉さんに間違いないと思い、スマホの画面をタップしようとして、ギリギリで指を止めた。

「……伊東先生」

以前にあった二回の着信から、今までなにもなかったからきっと間違いだったのだと思ってそれきり忘れていた。

さすがに、三度の間違い電話はありえない。と、思う。

通話着信は、一分間ほど続いてようやく切れた。それで少しホッとしたら、今度はメッセージアプリの通知が入る。ちょうど別の画面を開こうとタップしたタイミングだったため、予定外にそのメッセージ画面が開いた。

【話したいことがある】

伊東先生からだ。運悪く、即座に既読をつけてしまったことを後悔した。

――まあ、既読スルーも未読スルーもそんなに変わらないけど。

すぐにアプリを閉じようとして、それより先に次のメッセージを受信する。

【雅は、高野に騙《だま》されてる】

——騙されてる、って？

そのメッセージを伊東先生が送ってきた意味がわからず、私は瞬きをしてどう対処するべきかしばらく迷っていた。

スマホ画面を見つめていたが、その後はメッセージが続くことはない。

騙されてる、ってなんのことを言ってるんだろう。それに、どうして伊東先生が私にわざわざ言うのかわからない。

よくわからないが、返事をする必要はない。

そう判断して、スマホをバッグに入れロッカールームを出た。


電車に乗って、家に帰るまでの間で大哉さんからの連絡はなかった。

テレビをつけて、ダイニングテーブルでひとり夕食を食べていると、ついつい頭をよぎるのは伊東先生のことだ。テレビの音など、ほとんど耳に入らない。

どうして、今になって。

サチが、伊東先生は大哉さんを敵視していると言っていたけど……もしかして、もう私たちが結婚したことが耳に入ったのだろうか。

大哉さんからわざわざ言うつもりはないと言っていた。だけど、総務には届けなければいけないからそのうち耳には入るだろう、とも。

それは致し方ないことだし、別に伝わっても構わないと思っていた。

だけど、こんな風に連絡をしてくることは想定外だった。それとも、結婚する前から着信はあったし、結婚のことはまったく無関係なのだろうか？

考えていてもさっぱりわからない。ただ、これはもう大哉さんに報告しなければいけないことだろう。

仕事の最中に話せることでもないから、彼が帰宅してからになるけれどメッセージ画面をそのまま彼に見せてしまおう。

騙されるもなにも、もうすでに結婚しているし彼が私を騙す必要などどこにもない。

単なる伊東先生の嫌がらせだとしか思えない。

――でも、そんな人でもなかったのに。

少なくとも、付き合っていた時はこんなことをする人じゃなかった。

もはや、綺麗な思い出にしておくのも厳しいけれど、これ以上汚してほしくない。

考えごとばかりしているせいかなかなか食事が進まず、気が付けば一時間ほど経っていたがどうにか全部食べて後片付けを終えた。

先に入浴を済ませて、またリビングに戻ると二十一時を過ぎたところだ。テーブルに置いていたスマホを見ても、まだ大哉さんからの連絡がない。

今夜は忙しいのかな。

急患などがあると、帰れないこともある。どうしたものか考えたけれど、やはり夜食の用意はしておくことにした。

くたくたに疲れていても食べやすいように、なにがいいだろう。少しでもいいから、毎日ハードな仕事をこなす彼の、役に立ちたい。

キッチンで水を飲みながら、スマホで夜食のレシピを検索する。

期間は短いわりにできる限りの時間を一緒にいるようになって、いろんな彼の顔を見るようになった。その中で、やはり気になるのは彼の仕事のハードさだった。わかってはいたが、医者という仕事は体力勝負だなと改めて思う。

先週は、緊急手術に急遽助手で入ることになったと疲れ果てて帰ってきた。事故の患者さんで内臓や血管の損傷が複数カ所あり、正確に素早く縫合できる手が必要だったとかで大哉さんが呼ばれたのだ。

数時間に及ぶ手術の後、どうにか一命は取り留めて、最初に診察をしたベテラン医師が主治医を引き受けてくれたと虚ろな目で話してくれた。

難しい手術をした時は神経をすり減らすようで、病院から帰った途端に糸が切れたように頭が働かなくなるらしい。

大変なお仕事だ。でも、家で脱力した時の大哉さんは、少しかわいい。いつもきちんとしているのに、ソファでぐったりと身体を預けて横になる。

そして、普段甘やかしてばかりの私に、逆に甘えてくる。

──あれ、なんでだろう。不思議だなあ。

同じように手を引かれて彼の腕の中に納まる時とそう変わらないのに、彼が甘える時とそうでない時となんとなく伝わる雰囲気が違う。

ああ、そういえば、甘える時には頬擦りをされることが多いかもしれない。

大哉さんのことを考えていれば、心が安らいだ。楽しくあちこちのレシピサイトを見て、彼の夜食に作れそうなものを探していたのに。

手の中で一瞬スマホが震えて、ぎくりと指が止まる。ポップアップ通知が来て、大哉さんであることを祈ったけれど、違った。だけど、伊東先生でもない。知らない番号からのショートメッセージだった。

【雅さん?】

【突然ごめんなさい。話したいことがあります。電話してもいいでしょうか】

「えっ？　えっ？」

立て続けに入ったメッセージに、頭が混乱する。知らない番号で、だけど向こうは私の名前を知っている。

このままスルー？　でもそれも気持ち悪い！

返信するべきか考えていると三つめのメッセージが届く。

【直樹とまだ連絡取ってるよね】

そのセリフで、私は息を呑んだ。

――あの人だ。

あの夜カフェバーに、伊東先生と腕を組んで入ってきた女の人。顔ははっきり覚えていないけれど、大人っぽくて綺麗な人だったという印象だけが強く頭に残っている。

途端、なんで彼女が私にこんなメッセージを送ってくるのだと、急速に頭に血が上った。

しかも、名前も名乗らずのっけから、大人とは思えない随分失礼なメッセージだと感じた。三つめのものなど、普通の感覚を持っていたらありえない。

すぐに、取ってませんと返信しようとしたら、今度は通話着信だ。頭にきていた勢いのまま、私はうっかり通話に切り替えてしまった。

「……もしもし」

出てしまったものは仕方ない。深呼吸してからそう言うと、向こうもまさか本当に出るとは思っていなかったようだ。

一瞬、戸惑ったような間が空いた後、返事があった。

《雅さん？　直樹の元カノの》

「そうですが、私はあなたの名前も知りません。まずは名乗るべきじゃないですか？」

女性にしては少し低めの、ハスキーな声だ。もっとも、私の声も今はいつもよりかなり低い。緊張と、感情の昂《たかぶ》りで震えてもいた。

《沢田《さわだ》と申します。お願いがあって、ご連絡させていただきました》

私の態度に驚いて慌てたのか、打って変わって丁寧な口調になったが、内容は変わらず不躾《ぶしつけ》なものだ。

こういう時に、自分の頭の回転の遅さが嫌になる。うまく言いたいことが言えるだろうか、言われっぱなしにならないだろうか。

気持ちを落ち着けようと、深呼吸を何度か繰り返した。

《私、今直樹と付き合ってるんです。だから、あなたとはもう連絡を取ってほしくなくて》

「お言葉ですが、連絡なんて取ってません」

《でも、直樹のスマホに履歴が残っていて》

どうやら、彼女は伊東先生のスマホから私の連絡先を見たらしい。おそらく、黙って盗み見たのだろう。

彼がこのところ私にかけていたのが、まさかこんな形で影響が来るなんて思いもしなかった。

「私からかけてもいないし、反応もしていません。そういうのも残ってないですか？」

《……消されたらわからないじゃない》

「私に言われても困ります。それから、こんな風に電話をかけてこられるのは迷惑です。そちらのことはそちらで解決してください」

そもそも、この人は私に対して罪悪感とかそういうものはないのだろうか。こうやってかけてくるのは、同時進行だったことをわかっているからだ。

そんな思いが、きっと声に表れて相手に冷たい印象を与えたのだろう。数秒沈黙が続いたと思ったら、力のない声で返事があった。

《あなた、高野先生と一緒にいた子でしょ？　病院ですれ違った》

「すれ違った？」

その言葉で思い当たる節は一度しかない。産婦人科の診察を受けた時だ。それで「あっ」と思い出した。

帰り際、すれ違った人がいた。お疲れ様、と声をかけてきた人だ。あの時、大哉さんはなにも言わなかったけれど、きっと彼女だったのだろう。伊東先生と並んでいるのを見た時の記憶は、ショックのせいかイメージは残っているのに顔まではは っきり覚えていない。

大哉さんは、私にわざわざ言うことでもないと判断したから、知らぬふりをしていたのだ。

こんなことがなければ、私だって知りたくもなかった。

《高野先生の彼女を病院で見たって直樹に言ったら、なんだか様子がおかしくなった。不安になってスマホを見たら、やっぱり連絡を取ってて……それであなたが元カノじゃないかと思って》

話が、ようやく見えてきた。伊東先生は、やっぱり大哉さんのことを意識しているんだ。だから、私に未練があるように沢田さんには見えているけど実は違う。別れたあとに大哉さんと付き合ったのが、気に入らないのだ。そんな様子を見て、彼女は不安なのだろう。

「……何度でも言いますけど、私はもうその気はありませんし、これからも私から接触しません。彼から連絡が来ても無視します」

《だったら、直樹の連絡先は着信拒否してください。それをしてないっていうことは》

ここまでは、割と冷静に話ができていたと思う。大哉さんのためにも、伊東先生のことはもうなんとも思っていないのだとわかってもらいたい。毅然とした態度でそれを示すのが一番だと、わかっていたのに。

《あなたにも未練があるってことじゃないの？》

そこで、感情を堰《せ》き止めていたものが、壊れた。

ぶるぶると握りしめた拳が震える。あの日の惨めさを思い出して、それを彼女にぶつけたい衝動に襲われる。けれどそれを言うのは悔しかった。

あの日、彼女とデートしているところに居合わせた。否応なく天秤にかけられた状態で、あっけなく向こうに傾いたようなものだった。

今はもう、平気だ。でも、あの時味わった気持ちはそう簡単には消えない。それなのに、未練があるんじゃないかなんて絶対に言われたくなかった。

これ以上は、感情がセーブできそうになくて唇を噛みしめる。

目を閉じてもう一度深呼吸をすると、これでこの問題を終わらせるつもりのセリフを言った。

「未練なんて欠片もありません。あなたが言うなら着信拒否の設定もします。その代わり、あなたも彼が二度と私に連絡してこないようにしてください。もう結婚もしました。迷惑なんです」

早口でまくし立てて、向こうの返事は聞かずに通話を切る。

腹立ちまぎれにスマホを投げてしまいそうになって、どうにかソファに放り出すだけでこらえた。

そのままソファに顔を突っ伏し、手のひらでバンバンと座面を叩く。

「うー……」

この感情は、なんだろう。伊東先生にもう未練なんかさらさらない。それならもっと、さらりと聞き流すこともできたはずなのに、神経を逆撫でるような言葉を言われて、感情的になってしまった。

「ああ……カッコ悪い。や、でも、ちゃんと言うべきことは言えた……」

声を荒げてしまったことは後悔しているけれど、ちゃんと言い返せた。大丈夫だ。

「あ！　それと着拒だ」

パッと顔を上げてスマホを掴む。あんな啖呵《たんか》を切ったのだから、伊東先生の拒否設定はしておかなければならない。

着々とメッセージアプリと通話の着信拒否を設定した。

——大丈夫よね？

最初は、拒否なんてしなくても向こうからかかってくることなどないと思っていたから、気にしていなかった。

だけど、何度か着信が入ってからは、敢えてそのままにしていた部分もある。拒否してしまえば、向こうの動向がわからなくなるからだ。

それに、拒否されているとわかったら、伊東先生を余計に刺激するのではないかと思ったから。

『高野先生の彼女を病院で見たって直樹に言ったら、なんだか様子がおかしくなった』

私に未練なんかないはず。だから、拒否されたとわかったら、プライドの高い彼ならもう二度と接触してこないはずだ。

そう思っても、どうしても不安の種が消えない。

「……大哉さんが帰ったら、全部話そう」

きっと、全部吐き出したら不安は消える。それに、私がしっかりしていればなんの問題もないのだ。

自分にそう言い聞かせて励ましながら、メッセージアプリを開く。大哉さんとのトーク画面を開いたが、最後のメッセージが未読のままだった。

いつもなら、彼が忙しいのはわかっているから、そこまで気にしない。だけど、今は不安が勝ってどうしても落ち着かない。

伊東先生は、このマンションを知っているのだろうか。同じ大学の先輩後輩だし、最初は仲がよかったならきっとどこに住んでいるかくらいわかっていそうだ。

私が結婚したことも聞いていたら。

沢田さんだって、あんな失礼な電話をしてきた人だけれど、それだけ不安になるくらい伊東先生が『おかしい』のなら。

スマホを握ったまま立ち上がり、私は玄関まで走って戸締りの確認をした。オートロックだし、セキュリティはしっかりしてるから大丈夫。の、はずだ。

――大哉さんに、早く話したい。

夜食を作るはずだったのに、気もそぞろになってそれどころじゃなくなった。冷凍庫に作り置きの混ぜご飯の素があるから、それを解凍しておにぎりにしよう。後は今夜作った具だくさんのお味噌汁。

それなら、彼が帰ってからでもすぐに準備できる。

スマホを手放せずにずっと握ったまま、寝室のベッドに潜り込む。彼から連絡があったのは、二十二時を過ぎてからだった。

メッセージではなく通話で、私は即座に反応した。

「もしもし、大哉さん？　お疲れ様です」

多分、ワンコールくらいだったと思う。あまりに早くて、彼も驚いたのだろう。くすりと笑う声が聞こえてそれだけで私はホッと気が緩んだ。

《連絡が遅くなったな。待ってた？》

「大丈夫です。もうすぐ帰る？」

帰ったら、話を聞いてほしい。

しかし、残念ながらその願いは叶わなかった。

《……悪い。今日は泊まり込むことになった》

「え……あ、そうなんですか」

《先週の緊急オペの患者の容体が悪いんだ。主治医が連絡取れなくて、オペを手伝った俺が待機することになった》

先週……というと、彼がくたくたになって帰ってきた時の患者さんだろうか。血管の手術は細やかな処置が必要で、大変な手術だったと聞いた。

「それは……じゃあ、仕方ないですね」

心細さを隠して、そう言った。大事な患者さんがいるのだ。仕事中なのに、電話で心配をかけるようなことは避けなければ。

《雅？　どうした？》

私は、本当に隠しごとが下手だ。それとも彼が敏感なのだろうか。私の様子に気付いた彼が心配そうに声をかけてくれた。

だから、今度はちゃんと努めて明るく言った。

「一緒にお夜食食べようと思ってたから、残念だなって。大哉さん、大変だと思うけど休める時は休んでくださいね」

《仮眠は挟むから、大丈夫だ。夜食、食べたかったな。もう作ってあるなら朝帰ったら食べるから置いといて。じゃあ、おやすみ》

最後の方は、誰か人が来たのか少し早口でしゃべって通話は切れた。

「……おやすみなさい」

すでに切れてしまったけれど、小さく返事をする。

今夜のことは、どうにか自分で消化するしかないようだ。もちろん、大哉さんが帰ったら全部話はするけれど。

ベッドに潜り込んで、目を閉じる。なにも考えずに寝てしまおうと思ったけれど、なかなかそうはいかなかった。

考えないようにすればするほど、沢田さんに言われた言葉が何度も頭の中でリピートしてしまう。それから、伊東先生が送ってきたメッセージも。

【雅は、高野に騙されてる】

本当に、意味がわからない。

私が着信拒否したことで、ふたりが喧嘩にならなければいいけれど。沢田さんも、伊東先生のスマホを盗み見るなんてことをして私に連絡してきたのだから、バレないように気を付けているだろう。

もう関わりたくもない人たちの感情に振り回されて、心が疲弊する。神経もまだ昂っていたんだろう。熟睡はできなくてうつらうつらとしては目が覚める、というのを朝まで繰り返す羽目になった。

大哉さんから再度連絡があったのは、翌朝の七時だった。

《今から着替えて帰るよ。主治医に連絡ついたから交代した》

あくびを噛み殺すように、語尾は口調がゆっくりになっている。

「お疲れ様でした。大丈夫でしたか?」

私は既に起きて着替えていた。電話で話をしながら寝室のカーテンを開ける。このところ晴れの日が続いていたからもうじき梅雨明けかと思ったのに、今朝は朝から小雨が降っていた。

《大丈夫、特に急変することもなくて、仮眠も取れた。夕べの夜食、残してある?》

「実は、結局作らなかったんです。朝食なににしましょう。パンとご飯どっちがいいですか?」

《そうだな、じゃあ、今日はパンで。雅のバターオムレツが食べたい》

「わかりました。気を付けて帰ってくださいね」

やっぱり、疲れているんだろう。どことなく甘えるようなニュアンスで言われて、くすくすと笑いながら通話を切った。

これから着替えて、病院を出て……だと、なんだかんだ一時間近くはかかるだろう。大きな病院だから建物も敷地も広い。移動するだけで結構な距離がある。

キッチンへ行くと、まず卵を室温に戻すために冷蔵庫から出してボウルに入れた。付け合わせの野菜はトマトとブロッコリーでいいだろうか。

朝食の材料を確認していて、肝心のパンがないことに気が付いた。

「あー、昨日でなくなったの忘れてた」

スマホで時間を確認する。彼が帰るまでにはまだ間に合う。考えた末、これから駅前のパン屋まで買いに行くことにした。


身支度をしてバッグを手に取ると、玄関で靴を履いている時に雨が降っていたことを思い出した。

傘を肘にひっかけて、下駄箱の上にあるキーケースから家の鍵を取る。

もしかしたら、途中で会えるかも。

パン屋は駅の近くで、病院からの帰り道だ。なんだったら、パン屋の前で待っていれば落ち合って一緒に帰れるかもしれない。

なるべく考えないようにしていたけれど、昨夜のこともあり早く彼に会いたくて、仕方がなかった。

エレベーターの中で、大哉さんに駅前のパン屋に向かっていることをメッセージで送っておいた。

この周辺にパン屋は二軒あるが、この時間から開いているのは家に近い方ではなく駅前のパン屋だった。通勤客もターゲットに入っているのだろう。毎朝七時から開店している。

小雨が降る中、傘を差して早歩きで駅までの道を歩く。残念ながら、大哉さんはまだのようだった。

お店に入ると、美味しそうなパンの匂いが充満していて急に空腹を感じた。

どうしよう。食パンだけのつもりだったけど、いっぱい買っちゃおうかな。今日のお昼やおやつにしてもいいし。

まだ早い時間だから、昼間より種類は少ないがそれでも迷うくらいに並んでいる。お店の中をうろうろとして、結局総菜パンとフルーツデニッシュをふたつずつに食パン一斤を買い、店を出た。

まだ雨は降り続いていた。仕方なくバッグを傘を持つ手の肘にひっかけて、パンの入ったエコバッグは反対の手でぶら下げて歩く。

駅の正面まで来た時、病院のある方角をちらりと振り返った。彼を待とうと思ったが、やっぱりおとなしく帰るべきだろうか。

朝から一緒に歩けたらいいと思って期待したが、どうやらタイミングが合いそうにない。

大哉さんから連絡が来ていないか確認しようと、荷物を全部肘にひっかけて傘を肩と首の間に挟む。どうにかしてスマホをバッグから取り出した。パン屋から帰るところだと送っておかなければ、後から来た彼が心配して探し回るかもしれない。

メッセージアプリを開こうとスマホを操作していて、私は傘の中にいて周囲は見えていなかった。

突然、スマホを持つ方の手首が横から出てきた手に掴まれてぐいっと持ち上げられる。

「えっ？」

「雅……」

驚いて、私の手を掴んだ相手の顔を仰ぎ見た。向こうも、驚いた顔で私を見下ろしている。往来で立ち止まった私たちは、お互いに固まった。

「……伊東先生？」

そう呼んだ私に、彼は一瞬眉根を寄せる。

「どうしてここに……」

思わず呟いたが、ここは病院の最寄り駅であり彼も利用する。電車もだし、周辺の店舗もだ。いつかは偶然会うこともあるだろうなとは思っていた。

「遠目でも、すぐわかった。傘も見たことあるやつだったし」

確かに、傘は以前から使っているやつだ。まさか、このなんでもないドット柄の傘が目印になってしまうとは思わなかった。

手首を持ち上げられたままで、肩から傘の柄がずり落ちそうになる。

「あ、離して、傘が」

そう言うと、彼は案外あっさりと私の手を解放してくれた。私はバッグの中にスマホを戻して、それから落ちそうになっていた傘やパンの袋をしっかりと持ち直した。

「こんなとこで、なんでこんなに買い物してんだ」

私のマンションがこの駅周辺ではないことを知っているから、不思議に思ったのだろう。伊東先生がパンの入ったエコバッグを見ながら言って、それから険しい顔で私を睨む。

この先に大哉さんの、今は私の家でもあるマンションがある。私がこれからそこに帰るところなのだと彼は察したのだろう。

「……もう一緒に住んでるって本当だったのか」

「な、なに……」

「結婚したって？　随分早いよな。交際何日だ？」

意地悪い笑みを浮かべているが、目は笑っていなかった。またあらぬ疑いをかけられているような気がして、言い返そうとしたが一度踏みとどまった。

彼の調子に合わせることはない。

なにもこの人に弁明する必要などどこにもないのだ。

深呼吸をして、強く彼を睨みつける。

「伊東先生には、関係ないじゃないですか」

すると、彼は一瞬たじろいだ様子を見せたけれど、すぐに眉をひそめて目を逸らした。

「……伊東先生、ね」

どうして、そんな不満そうな顔をするんだろう。

意味がわからなかった。二股して、挙句同じ場所に出くわしたら彼女の方を取ったのは伊東先生だ。

彼女には気付かれないようにごまかして、私のところに来てわざわざ嫌味と極太の釘を刺していった。

『お前ら付き合うの？』

『もしかして前から？』

私と大哉さんを見て、そう言った。つまり、それでもかまわないと思っていたということだ。寧ろ、都合がよかったんじゃないか。

切り出しづらかった別れ話の必要がなくなったから。

「今さら、伊東先生がどうしてそんな顔をするのかわかりません」

「俺は、まだ雅と別れるつもりじゃなかったんだよ」

そのセリフに、頭の中が途端に混乱した。

「えっ？」

疑問がそのまま声に出て、通り過ぎていく人がちらりと私たちを見る。このまま往来で立ち止まっているのは、周囲の迷惑になると思い道の端まで寄った。

「それは、あの時は彼女とは付き合ってなかったっていうことですか？」

半信半疑でそう尋ねる。すると、彼がまた気まずそうにして言葉を濁した。

「いや、それは」

その反応からするに、やっぱり沢田さんと彼はあの時すでに付き合っていたのだ。

「やっぱりわからない……」

雨脚が強くなり足元が濡れてきて、段々と自分の中が惨めな感情に支配されていく。

「……悪い。迷ってたんだ。でもあんな風に突然別れるつもりじゃなかった」

ふっとため息を吐いてそう言った彼の表情は、苦いものを噛みしめているようだ。一方的に捨てるつもりじゃなかった、そう言いたいのだろうか。私のことはそれなりに、大事だったと言いにきたのか。

だけど、少しも心に響かない。

こんなことを言いたいがために、何度も連絡をしてきたのだろうか。沢田さんを、あんな言動を取らせるほどに不安にさせてまで？

大哉さんが私を騙しているとメッセージを送ってきたのも、私に話を聞かせるための手段だったのではないかと思えてくる。

「なのに、お前が高野と一緒にいたりするから、カッとなってひどいこと言った」

「……よくわからないけど、ひどいことを言ったから、そのことに対しての謝罪ですか？　さきほどの『悪い』は」

このままでは、一方的に彼の言い分を聞き続けることになりそうだ。だから私は話を切り上げようと、口を挟む。

思っていた私の反応と違ったのか、彼は一瞬言葉に詰まった様子だったが、私は構わず頭を下げた。

「わかりました。謝罪ということで受け取りましたので、これで失礼します」

「後悔したんだ！　雅のこともちゃんとするつもりだった」

「ちゃんとって……」

そんなこと、私は望んでいない。

「あんな風に傷つけるつもりじゃなかった！　なのに高野が、入り込んでくるから！」

「あの、少し声を抑えて」

感情が昂って声が大きくなる彼に焦って、慌てて宥める。土曜の朝は平日より人通りが少ないとはいえ、こんな往来で言い争っていては目立ってしまう。病院関係者がいつ通るかもわからないのだ。

彼は、冷静さを見失っている。

そのことに気が付くと、私の方は徐々に気持ちが落ち着いてきた。

さっきから、彼が言っていることがよくわからなくて、いったいなにをしたいのか理解に苦しんでいたが、やっとわかった。

わからない理由が。互いに重要だと思う論点が違うからかみ合わないのだ。

「あの……もし、自惚《うぬぼ》れだったら、ごめんなさい。誰かに取られたくない、と思うくらいには私のことを大事に思ってくれていた、そういう意味ですか？」

本当は『誰か』ではなく『高野』なのだろうけれど、それを指摘すると伊東先生が逆上しそうで、敢えて言わなかった。サチが言っていた意味が今よくわかる。やっぱり伊東先生は『高野大哉』を強く意識しているのだ。だから、私が横から掠め取られたようで悔しい。

私が尋ねると、彼はぱっと表情を明るくする。

「当たり前だろ！」

「彼女と天秤にかけて？　迷ってた？」

「そ、それは……悪かった。けど、そうだ。雅のこともちゃんと好きで、このままじゃいけないって俺だって思ってたのに」

彼の一生懸命な言い訳を聞きながら、私は頭の中で、そうじゃない、違うの、と繰り返していた。

さっきから彼が必死に主張している部分は、私にとってはもう、どうでもいいことだ。なのに、彼はそれに気付かない。

「伊東先生……自分が、傲慢なこと言ってるって、わかってる？」

「え？」

静かな声で問いかけると、彼の表情が固まる。それから次の言葉にぎくりと頬を強張らせた。

「今日、こうやって私と話したこと、沢田さんに知られたらどうするの？」

「なんで雅があいつの名前……」

「それはどうでもいいでしょ。私だって情報くれる人くらいいるよ」

うっかり沢田さんの名前を出してしまって失敗したが、強気で言い切る。本当はサチと大哉さんしかいないけれど、それは今はどうでもいいのだ。

「ねえ、どうするの？」

ぐっと言葉に詰まるあたり、なにも考えていなかったのだろう。伊東先生は、捨てたはずの私に手を伸ばし、再び天秤に乗せようとしているようなものだ。

たとえそれが、大哉さんへの対抗心からだとしても、女からすればたまったものじゃない。

「そうやって今度は彼女を傷つけるの？」

私が傷ついた時みたいに、彼にとってはそんなこともどうでもいいのだろうか。それとも見えてもいないのか。

「私ね。もう別にいいかと思っていたけど、こうして会えたからやっぱりちゃんと言おうと思うことがある」

背筋を伸ばして、真っすぐ伊東先生を見つめて言った。

「二股かけられたのは悲しかった。発覚した時、私に言い訳するより私の存在を彼女に知られることを避けたのがわかって悲しかった。だけど、それはもういいです。心変わりしたのは仕方ないし、天秤にかけてどっちかが重くなるのも仕方ない。でも、高野先生と一緒にいるようになって、わかったことがある」

大哉さんの名前が出て、伊東先生の眦《まなじり》がきつくつり上がるのがわかる。やっぱり、彼にとって大哉さんが鬼門なのだ。

だけど、引き下がりたくなかった。

「一番、傷ついたのは、あなたが私の気持ちを全部無視していたから」

「そんなわけ」

「あるよ。私が会いたいって言っても、適当に流して放置してた。私なら、放っておいても平気だと思ってたんでしょう？　あなたが幼馴染の彼女と再会して夢中になっている間、私がどう思うかなんてなにも考えなかった。いつのまにか、私はあなたの付属品かなにかになってた」

伊東先生が、唇を噛みしめて俯いた。

彼も、そこまでとは思ってなかったのかもしれない。軽い気持ちで浮気をして――もはやこれは浮気ではなく本気だったのだろうけれど、私が傷つくとかまで深く考えていなかったのだ、きっと。

だったら、聞いてほしい。私は好きだったし傷ついた。もう、次の人にはそんなことをしないようにしてほしい。

「大哉さんといると、気持ちは一方的じゃないって思える。お互いの気持ちを思いやって、相手を尊重する。私が傷つかないように、ずっと気遣ってくれたから私もそうしたい。そういう関係が本当は大事なんだと思う」

多分、誰かと一緒にいるって、長くなると段々と当たり前のように感じてしまうのかもしれない。

愛情を保ち続けるには、お互いの努力が必要で、お互いに相手の気持ちを忘れたらいけない。

大哉さんとなら、そんな風にできると思った。何年も想い続けてくれた人だから。私も、忘れ去られる寂しさを知っているから。

だから、きっと思いやれる。ふたりで幸せになれると思った。

「大哉さんに、とても大事にしてもらってます。幸せになれると思ったから、短い間で決断できた。そして今、とても幸せ。だから、今はもう伊東先生のことも怒ってないです」

言いたかったことを、全部言えた。

そうしたら、さっきまで感じていたモヤモヤが綺麗になくなって、すっきりとした気持ちになる。

今度こそ、彼の前から立ち去ろうともう一度お辞儀をしようとした時、伊東先生が「ハッ」と小馬鹿にした笑いを浮かべた。

「だから、雅はダメなんだよ。騙されやすいから」

このどこか荒んだ雰囲気は、別れたあの夜の彼を思い出させる。

「……なんですか」

「雅が傷つかないように？　馬鹿だな。あの店に俺らが行くってわかってて、高野がわざとお前を連れて行ったたって言っても？　お前を傷つけて、傷心のとこに付け込む気満々だったんだよ」

──雅は、騙されてる。

彼が送って来たメッセージの内容が頭に浮かぶ。あんなの、私の反応を引き出す手段じゃなかったの？

今の言葉で、伊東先生の顔も周りのことも、まるで目に入らなくなった。代わりに、次々にあの日の大哉さんの顔が思い出される。

本当に全部知ってた？　わざとだった？　わからない。そんな風には全然見えなかった。

——これ以上、今考えたらダメだ。

ぶるん、と思い切り顔を横に振った。一緒に嫌な疑心暗鬼も振り払う。伊東先生の言葉は、悪意に満ちている。悪い方にしか受け取れないようにわざと話している。

だから、今は考えることを放棄しようとした。

「聞きたくありません。帰る」

「ほんとのことだぞ。狼狽えるってことは、あの日のうちに口説き落とされたか？　身体で慰めてもらった？」

「やめてください！　変な言い方しないで！」

カッとなって思わず声を荒げてしまう。

あの夜、あの店にはどうやって行ったんだった？　私は知らない店だった。大哉さんが、確か、連れて行ってくれた。

あの時、彼はどんな顔をしていたっけ。

「なんだ図星か。お前も案外、尻が軽いな」

動揺したところに、ひどい言葉を投げかけられる。昨夜、沢田さんに投げつけられのだろう。


『あなたにも未練があるってことじゃないの？』

このふたりは、よく似ている。どうして、人の一番傷つく言葉をこうもうまく選ぶのだろう。

悔しさに涙がこぼれそうになるのに、言い返す言葉が見つからない。

なにも知らないくせに。あの夜、私がどれだけ泣いたか、知ろうともしないくせに、ふたりとも第三者の顔をして事実だけを突きつけてくる。

あの夜、大哉さんがどれだけ私の心に寄り添ってくれたのかも知らないで。ああ、でも、大哉さんは、最初から私が傷つくことを知っていた……？

ぶわっと涙の膜が張り、視界が歪んだ。この人の前でだけは、絶対に泣きたくないと思っていたのに、このままではこぼれてしまう。

ひくっと嗚咽で身体が揺れて、傘が肩からずり落ちる。直後、大きく水たまりを踏む音が後ろから聞こえた。伊東先生が驚いたように一歩下がったそのすぐ後に、強い腕に後ろから抱き着かれる。

彼の腕が絡みついたその反動か、もしくはわざとか。大哉さんの黒のトートバッグが思い切り伊東先生の顔にぶつけられた。

「……てめぇ！」

咄嗟に腕でガードしたらしい伊東先生が、私の斜め上あたりを睨《ね》め付ける。

「すみません、勢い余って」

飄々《ひょうひょう》とした調子でそう答えたのは大哉さんの声だった。腕が強く私を抱きしめて離さない。

「なにを言われた？」

背後から、彼がジッと私の顔を覗き込んでくる。

「大哉さん……」

彼の目を見ながら、私はなんとなく伊東先生の言ったことが本当のことだと確信を持っていた。

「あのお店に、わざと連れて行ったって本当？」

大哉さんの目が、悲しそうに細められる。伊東先生のことよりも、私たち自身で話さなければいけないことがありそうだった。

「……ごめん」

小さく呟いて彼はぎゅっと一度目を閉じる。それでも、騙されたと思いたくないのは、この腕の中からもう私自身が抜け出せる気がしないからだ。

「傷つけた分、絶対幸せにする」

だから逃げないでくれ、と耳元に唇を摺《す》り寄せられた。

まだなにひとつ彼の言い分を聞いていないけれど、逃がす気のない腕の強さに今は安堵する。

彼の腕の中で深呼吸をすると、次第に気持ちが落ち着いてくる。私が身体の力を抜くと、逃げないとわかったのか彼の腕も緩んだ。

そして、ずっと立ち尽くしていた伊東先生の方を見た。

「伊東先生、彼女が疑ってますよ。他に女がいるんじゃないかってこそこそ嗅ぎまわってます。二兎追う者はってことわざ知らないわけないと思いますが」

ぎくりと伊東先生の顔が強張る。すでにスマホを盗み見られて、私のところに電話がありましたよ、ということは今は黙っておいた。

「俺は、別に、そんなつもりじゃ」

「じゃあいったいどんなつもりなんです。未練残してる場合じゃないと思いますが。ごまかすのか弁解するのか知りませんが、失いたくなきゃ、よそ見してないで新しい彼女に向き合ったらどうです」

伊東先生が、ズボンの後ろポケットからスマホを取りだし、画面を見るとふっとため息を吐く。彼女からの連絡を確認しようとしたのだろうか。

それからもう一度大哉さんを睨んだが、もう言葉はないようだった。

「ご存知とは思いますが、俺たちはもう結婚しました。伊東先生がなにを言おうと、あなたは無関係で俺たちふたりで解決する問題だ。部外者なんです。だからそっちはそっちで解決してくれ」

最後は吐き捨てるように言いながら、再び私を抱く腕を強くする。伊東先生は黙ったまま俯き、しばらく地面を睨んでいた。

なんとなく、今度こそこれが最後になるだろうなと思った私は、小さく頭を下げる。それからすぐに、伊東先生に背を向けて大哉さんの方を見た。雨の中、走ってきてくれたらしい彼はよく見るとかなり濡れている。

「びしょ濡れじゃないですか……」

「……雅」

大哉さんの目尻が弱弱しく下がっている。私は小さく笑ってハンカチで彼の頭の水滴を拭った。

背後で、ぱしゃりと水の上を走る足音が遠ざかっていった。

家に帰るとまずは彼にシャワーを浴びてもらって、落ち着いてからリビングのソファに座った。

どうして濡れていたのかと聞くと、傘は病院を出る時に更衣室に忘れてきてしまい、その時は小雨だったから走ることにしたという。

取りに行けばよかったのに、と思ったけれど、私が雨の中パン屋の近くで待っているからと、走ってきてくれたのだろう。だからこそあの場に間に合ったのだ。

ソファに並んで話をしている間、彼の腕はがっしりと私の腰を抱いていた。

「……それで。本当に、あの日はわざとだったの？」

「半々ぐらいかな。あのふたりが会う約束しているのは偶然聞いて、あの店でよく会ってるのも知ってた。ただ、途中で予定変更されたら俺にはわかりようがないし」

こんな風に、抱きしめられながら聞く懺悔《ざんげ》は、あまり意味がない気がする。だって、私がこの腕から出る気がない限り、許す一択しかないのだ。

というか、もうそれほど怒っていない。

伊東先生の言ったことは、事実であっても真実ではない。

「傷ついたところに付け込もうとした？」

伊東先生の言い方でそのまま彼に投げかけたのは、ちょっとした仕返しのようなものだろうか。

あと、やっぱり彼の口で違う理由を聞きたかった。

大哉さんが急に私の腰を抱き上げて、自分の膝の上に乗せた。向かい合わせにされると、否が応でも目が合う。

「傷つくのはわかってるのに、俺の知らないところでそうなるのが嫌だった」

真っすぐ私を貫く彼の目を見て、少しも後悔はしていないのだとわかった。

「どうせいつか傷つくなら、俺の前で傷ついてほしかった」

あの夜のことで思い出すのは、この黒い瞳を優しい色だと思ったことだ。私がひとりにならないように、ずっとそばにいてくれた。

泣きたいように泣かせてくれて、心に寄り添ってくれたから、あの夜私は彼に慰められたのだ。

伊東先生が言ったような、卑劣な夜ではなかった。それだけは確かなことで、一番意味のある大切なことだ。

私から彼に顔を寄せ、こつんと額を合わせる。

「慰めてくれたのがあなたでよかった」

そう言うと、目の前で彼の目が大きく見開かれ、それからくしゃりと顔を歪めた。

まさかそんな泣きそうな顔をされるとは思わなくて、私の方が驚いた。

彼は両腕で私を強く抱きしめ、首筋に顔を摺り寄せる。

「後悔はしてない。けど、嫌われたくはない」

どうやら彼なりに、恐れていたものがあったらしい。

「本当に、よかったと思ってます」

とてもじゃないけれど、嫌いになれそうにない。それほど私は彼からの愛情にどっぷりと浸かってしまっている。

「でも、やっぱりショックはあったので、たくさん慰めて。でないと拗ねますよ」

彼の頭を抱きながらそう言うと、首筋でふっと笑ったような息遣いが聞こえた。

「ギュッとして頭撫でて」

「ギュッと……、はさっきからずっとしてるけどな」

「文句を言わない」

わざと唇を尖らせて言い返すと、彼は心の底から安心したような顔で言った。

「仰せのままに、奥さん」

抱きしめながら、片手がゆっくりと私の後頭部を撫でる。

「それから？　どうしたらいい？」

「キスしてほしい」

即座に頭頂部にキスをされた。両頬を手で包んで固定しながら、額、目元にも次々に降ってきて、最後は唇だ。

「許してほしい。もう二度と傷つけない」

そう言ってから、優しく触れる唇は、まるで誓いのキスのようだった。

結婚式は一年後の初夏に決まった。

ふたりで式場やホテルのウェディングプランを見て、結婚指輪を探し、時間をかけてゆっくりと準備を進めた。

両家の親は、親戚や友人、仕事の関係者も呼んで賑やかにすればいいと言った。けれど私は近しい身内だけを招待して、挙式と食事会のみのこぢんまりとしたものがよかった。

元々、あまり目立つのは好きじゃないし、伊東先生に振り回されるわけではないけれど、職場関係者を呼べば彼も招待せざるをえなくなると思ったからだ。

大哉さんと彼は、同じ外科医なのだ。他の医師を呼んで彼を呼ばないというわけにはいかないだろう。

一年の間に仕事と結婚式の準備と同時に、医療事務の勉強も続けていた私は、無事認定試験に合格した。本番に弱いというのはもう今さら慣れっこの習性なので、通常の二倍の量を勉強してしっかりと準備していった。

それでも、試験当日は最初頭が真っ白になっていたが、大哉さんが言ってくれた言葉を思い出して、どうにか軌道修正できたのだ。

『失敗しても、何度でも挑戦すればいい。そう考えたら、試験当日も予行練習も変わらないだろ』

確かにその通りだと思ったら、身体と頭の緊張が解けてくれた。

医療事務の資格が取れた後も、これまでの会社にまだ勤務している。

ある意味自分に自信を持たせるためのものでもあったから、いつか必要な時に活かせたらと思っている。

そうして穏やかに月日は流れて、五月中旬。

よく晴れた日だった。

ハイネックの真っ白いウェディングドレスは、腕の部分はノースリーブになっている。白い生地の上に白の総レースを重ね、シンプルだけど華やかさもあるドレスだ。

大胆にVの字に開いた背中の腰の部分から、レースのトレーンがたっぷりと長く私の歩いた後を飾っていた。手には、白と薄紫のバラを合わせたティアドロップ型のブーケがある。

私は、今日も泣きそうな父の腕に手を添え、観音開きの重厚な扉の前で待っていた。

「お父さん、もう泣いちゃダメだよ」

結婚はもう一年前にしてしまっているのだが。やっぱり結婚式はひとつの儀式であり、親としても意味のあるものなのだろう。

「無理だよ、そんなの」

仕方ないなあ、と苦笑しながら一度腕を離し、父の背中を撫でる。

もうすぐ式が始まる。

なにか言うべきか、と父の顔を見上げながら考えていたら、悟った父がぶんぶんと顔を横に振った。

「あれは言わなくていいぞ。言ったら立ち直れない。泣くからな」

あれとは、言わずもがな『お父さん、育ててくれてありがとう』というやつだろう。泣くからな、と脅されてしまった。

言わなくちゃ、と思うと照れくさいけれど、言うなと言われるとそれはそれで、素っ気ない気もしてくる。

どうしようかなあ、としばらく考えて、別れの言葉にならないようにすればいいと思い付いた。

「お父さん」

ギュッと父の手を掴む。

「お母さんと、これからも仲よくね」

「泣かすなって言っただろうっ」

別段、感動するようなことも寂しくなるようなことも言ってないのに、結局父の両目からぼろぼろと涙をこぼれさせてしまった。

ほどなくして、パイプオルガンの音が扉の向こうから聞こえてくる。父はハンカチで目元を拭って、ぐっと表情を引きしめるとどうにか涙を止めた。

微笑みあって頷き、正面を向くとゆっくりと扉が左右に開く。

私と彼と、ふたりで選んだチャペルだ。縦長にいくつも並んだ曇りガラスの窓から、白い日差しがたくさん式場に入り込み、光があふれていた。

両側に両親や従兄弟など親類が並び、真っすぐ進む先に、背の高いグレーの礼服を着た彼が立っている。

その光景を見た時、なぜだか急に胸に込み上げてくるものがあった。

父とふたりで、彼のもとまでゆっくりと進む。一歩一歩、近付くほどに心臓の鼓動が速くなっていく。

半ばまで来た頃、ベール越しでも彼の表情が見えた。背筋を伸ばし私を待つ彼は、目を細めてまるで眩しいものを見ているみたいだった。

私も彼を見つめたまま、残りを歩く。ようやく彼のそばまで来た時、父が私の手を一度強く握り、それから彼の方へ委ねる。

「娘をよろしくお願いします」

さっきまで泣いていたとは思えない、とても静かな声だった。

大哉さんが、父から私の手を、まるで壊れ物を扱うみたいに優しく受け取る。両手で包み込み、父に答えた。

「大切に、守ります」

この瞬間、心が震えた。

自分が、とても大切に育てられて来たのだと知る。そうして、委ねられた彼が私を大切に慈しもうとしていることも。

悲しいわけでもないのに、かといって泣くほどの激しい感情に打ち震えているわけでもないのに、自然と涙が浮かんでくる。

感動と、感謝と、神聖で厳かな気持ちだった。

身体が、小刻みに震える。彼を見上げると、優しい目で私を見下ろし、片手が頬に近付く。しかし、触れることなくベールに阻まれ、そっとレースだけを撫でていた。

ふたりで正面を向き、祭壇の前に立つ。神父様の声で、聖書の朗読が響く。緊張なのか感動なのか、水の中で聞いているように誓いの言葉も自分の声さえどこか遠い。

向き合って指輪の交換をする時、私の手が小刻みに震えているのが彼に伝わったのだろう。大丈夫だ、とそっと腕を撫でてくれた。

「それでは、誓いのキスを」

その言葉に従い、私は少し膝を折って屈み彼がベールの端を摘まんで上げる。ベール越しでなくやっと彼の顔が見えて、急に私は一生彼のそばにいるのだと意識した。

彼が、不意に私の手を取り恭しく持ち上げて腰を折ると、手の甲に口づける。そして、私だけに聞こえる小さな声で言った。

「愛してる。一生かけて幸せにする」

それは、神様ではなく私に誓ってくれたのだとすぐにわかった。そして、愛と同時に強く感じる執着。

きっと、あの夜私が彼の腕に囚われた時から、こうなると決まっていた。

「私も」と答えて瞬きをすると、涙が一筋頬を伝う。

彼がそっと私の手を引き寄せ唇にキスをして、誓った愛の言葉を互いの身体に封じ込めた。

＊　＊　＊

結婚式は、してもしなくてもいい。そんな気持ちがどこかにあった。実際、私たちは婚姻届を出してから一年近く経ってからの式だった。

だけど、実際にやってみたらやはりよかったと思う。

愛を誓う、その行為はもちろん式などなくてもできるけれど、感動や実感は格別だった。

式の後、私はずっと感動して泣き通しだったのだ。それは、その日の初夜の時も治まらず……。

「泣きだしたら止まらないとは聞いてたけどな。初夜の泣き顔はかわいかった」

大哉さんがしみじみと言いながら、ソファで私を膝に抱いている。

「だって、なんかもう、意味もなく出てきちゃうんだもん……」

結婚式からまだ三週間ほどしか経っていない。大哉さんはよほど初夜の泣き顔が気に入ったのか、結婚式の思い出話をするたびに、最後はいつも初夜の話になる。

確かに、あの日の私はずっと泣いていた。だけど、私も覚えている。彼は終始うれしそうに私の涙を拭っていた。

挙句の果てに、いたしている真っ最中にそれはそれは蕩けそうな笑顔で言ったのだ。

──泣いてもいいから、続けていい？

感動、もしくは幸せの涙であったことには違いないが、それはないんじゃないだろうか……！

「泣いてるのを見て喜ぶなんて」

「うれし涙だってわかるから、喜んでるんだ」

彼は、私の上半身をぐるりと囲った方の手でスマホを弄っている。多分また、結婚式の画像を見ているのだ。

「確かにそうですけど」

私は拗ねながら、スマホのスケジュールアプリを開く。仕事の内容やサチとの約束を書き込んでいるのをチェックしながら、私はあることに気が付いた。

……あれ？

画面を横にスライドさせて、先月と今月を行ったり来たりする。この行為に既視感があったが、指が止まらない。

崩れていた体調が戻ってから、生理は以前のようにきっちり二十八日周期で来ている。

そして今月、あるべき場所にハートマークがない。

「……あれ?」

どきどきしながら、何度も往復する。以前は、緊張と不安の中でいっぱいだったけど、今は違う。

——もしかして。

期待で胸が高鳴っていた。

何度確認しても、先週が生理予定日でハートマークが付くはずの日だ。そして今日できっちり、一週間が過ぎている。

「雅?　どうした?」

膝の上で、急にそわそわしはじめた私に気付いた彼が、私の顔を覗き込む。

——どうしよう。ちゃんと確かめてからの方がいい?

そうは思っても、気持ちが逸って止められなかった。

「……大哉さん」

「うん?」

「あるべき場所に、ハートマークがありません」

私のスケジュール帳のハートマークの意味を知っている彼は、ぴたっと目を見開いたまま動きを止めた。

「……いつ？」

「先週です。ちょうど一週間過ぎてて」

彼の視線が、私の目から下腹に向かう。

「腰が重くなったり、生理の兆候もないです」

まだ、喜ぶのは早すぎる。だけどどうしても緩んでしまう口元を止められないまま、私は下腹に手を当てた。

大哉さんの手が、私の手の上に重ねられる。間近で見る彼の表情は、なんとも言えない期待と喜びの入り混じるもので、私は慌てて付け足した。

「ま、まだわからないですけど。前みたいなこともあるし」

慌ててそう言ったけれど、私自身期待するのを止められない。大哉さんがスマホを見て、それからおもむろに私を抱き上げ、ゆっくりとソファの上に降ろした。

「……ドラッグストア行ってくる」

「えっ、今から？」

「走ればまだ間に合う」

彼はそう言うと、いそいそと財布とスマホを手に出かけようとする。

「いってくる」とリビングを出て行ったかと思ったら、玄関ドアとは違うドアの音がしてしばらくするとまた戻ってきた。寝室から毛布を取ってきたらしい。

それを私の膝の上に広げ、しっかりと足を包み込む。

「えっと……大哉さん?」

「冷やすなよ。エアコンの風に直接当たるな」

甲斐甲斐しく下半身を温め、エアコンの温度チェックまでしてから私にそう言い残すと、慌てて玄関の方へ向かう。いつもより激しい物音をさせながら、彼は閉店間際のドラッグストアへと走って行った。


——数十分後。

タイミング的には、おそらくハネムーンベビーである。

愛の実った証《あかし》を見て、私はまた涙が止まらなくなる。今度は彼もからかったりしないで、抱き合いながら何度もキスを交わした。

特別書き下ろし番外編

今夜、君は俺の腕の中

ベッドに組み敷き、彼女の顔の両側に肘を突いた。

「雅？」

汗ばんだ肌を、肩から首筋まで撫で上げる。さらに伸ばして頬に触れると、目尻からほろほろと涙が耳の方へと流れて、俺の指を濡らしていた。

「ごめんなさい、止まらなくて」

「いいよ。いくらでも」

目を擦って涙を拭おうとする手を取り上げて、口づける。舌で睫毛を辿るようにして涙を拭うと「ふふ」と笑って彼女が肩を震わせた。

「くすぐったい」

「こっちはしょっぱい」

「当たり前です、涙なんだから」

彼女の涙は、今日結婚式で誓いのキスをしてから、止まらない。食事会を挟んで少し落ち着いたかと思ったが、ホテルの部屋に入った途端にまたほろほろと泣き出した。

——以前、お義父さんが言ってたことは本当だったな。

彼女の実家に挨拶に伺い、雅と義母は庭へ行って義父とふたりで話をした時のことを思い出した。

ひとり娘の雅を溺愛してきたらしい義父は、穏やかな人であった。結婚したいと言えば一発は殴られるだろうかと覚悟していたのに、ぼろぼろと大粒の涙をこぼされた時にはどうしたらいいのか狼狽えた。

雅は義父似だと思う。

『あの子は、ほんと本番に弱くてなにをやっても失敗することが多くてね』

溺愛しているのは間違いないのに、ふたりになった途端語られたのは、なぜか彼女を下げるような言葉だった。

一瞬、眉をしかめたが、続いた言葉に早とちりだったと気付く。

『どれだけ失敗しても腐らないし、くじけないし笑ってる。そういうところが、すごくよいところだと思うんだよ。とてもうれしそうに笑うしねえ』

そう言って誇らしげに笑う義父は、やはり親馬鹿だった。しかし、確かに、彼の言う通りだ。

『そうですね。僕も、初めて彼女が気になったのは、笑顔でした。まるで花が綻ぶようにかわいらしくて』

そこからしばらく、ふたりで雅を褒めちぎることになるのだが。庭にいる本人は、まさかそんな話をされているとは思ってもいなかっただろう。

『だけどその分、本当に泣きたい時は、ぼろぼろになるまで泣く。そういうところもあるから、どうか守ってやってほしい』

その言葉を聞いて、思い出したのは『あの夜』のことだった。

──確かに、ずっと泣いていた。

一度泣き止んでも、すぐに涙腺が緩むようでほろほろとこぼれる涙を見ていると胸が痛かった。

俺が、あの日彼女が泣くように仕向けたのに。

それでも、俺の知らないところで泣かれるのは絶対に嫌だ。慰めるのを他の誰に譲るつもりもなかったし、これ以上ないがしろにされ続ける彼女を見るのも嫌だった。

あの駅で待ちぼうけしていた彼女が、俺の知るかわいらしい笑顔ではなくなっていた時に、俺は傷つけてでも奪い取ると決めたのだ。

伊東先生と付き合っていた最初の頃は、本当に幸せそうに笑っていた。彼女があの笑顔のままだったら、俺に入る隙はなかっただろうに。

今、彼女は俺の腕の中で泣いている。泣き笑いの顔で幸せだから止まらないのだと涙の理由を聞かされたら、どうしたって愛しさが込み上げてくる。

「大哉さん？」

想い耽《ふけ》っていた一瞬を悟られて、彼女がどうかしたのかと首を傾げて俺を見た。

「なんでもない」

彼女の前髪をかきあげて、顔を腕で囲って頭上で両手を組む。眦に口づけながら、止めていた腰を強く押し付けた。

すると、彼女が甘い喘ぎ交じりの吐息をこぼす。

「泣いてもいいから、続けていい？」

そう言うと、彼女は恥ずかしそうに頬を染めて睨んでくる。そんな顔も本当にかわいいなと見つめていると、背中に手が回された。

涙を舐めては口づけて、つぶさに腕の中の彼女を見つめる。奥を揺らせば甘い声で鳴き、彼女の頬が上気して瞳が潤む、すべてに釘づけになった。

熱を上げていく身体と、甘く高くなる声に夢中になる。とっくに婚姻届は提出していても、結婚式を迎えた今日になって新たな実感が湧いてくる。両方の家族に祝福されて、やっと互いの全部を共有できた、手に入れた。そんな感覚に気持ちが高揚して、どれだけ口づけても熱を吐き出しても治まらない。

「雅」

恍惚として目線の合わない彼女の名を呼ぶと、ひくりと反応はあって、汗で濡れた首筋を撫でるとそれだけで気持ちよさそうに目を細める。

首の根に舌を這わせ、耳朶までじっくりと舐めて辿れば彼女の身体が見悶えた。それを俺の身体で押さえつけ、腰を深くまで押し込むと、細く長い嬌声をあげて華奢な身体が小刻みに痙攣する。

快感に震える彼女を腕の中に閉じ込めて、耳元で囁いた。

「愛してる」

肌にあますところなく口づけて、歯を立てる。気が付けばまるで自分のものだとでも主張するようにいくつも痕を残していた。

朝になってから彼女に怒られるのだが、仕方がない。幾度も肌を重ねた夜はあっても、初夜はやはり特別なものなのだ。

今夜、私はあなたの腕の中

私は、ずっと待っていた。

何度も使ったことのある駅の大通り、よく知る街並み。

たくさんの人が通り過ぎていく。不思議と音はまったく聞こえない。私はその場所で立ち尽くして、ずっとずっと、大好きな人を待っていた。

どれだけ待っても、まだ来ない。何度も確認する時計表示は、ちっとも進んでいる気がしなかった。

空はまだ青い。あの青に、オレンジ色が滲んだら。

夜の色が足されて群青色に変わったら。

全部の星より一番先に、一際明るい宵の明星が見えたらきっと、その方向に現れる気がした。それなのに、人が幾人も通り過ぎていくだけで、時間は少しも進まなくて、空の色が変わらない。

いつまでもいつまでも、ここに立ってなくちゃいけないような気がして、ひどい焦燥感に急き立てられた。

「雅」

よく知るその声にハッと目を開ける。息苦しさから今解放されたように、自分の息遣いが浅くて短い。

目の前に広がるのは空なんかではなく、昨夜泊まったホテルの天井で、大哉さんが心配そうな顔で私を見下ろしていた。

一瞬、自分がどういう状況なのか混乱して、思い出すのに時間がかかる。ここは、昨日結婚式を挙げたチャペルの近くのホテルだ。披露宴の代わりに家族と親戚もそろってホテルで食事会をして……夫婦になって初めての夜をここで過ごした。

「大丈夫か。怖い夢でも見たのか、うなされてた」

ぼうっとしたままゆっくりと上半身を起こす私の肩を、彼の手が撫でる。私は汗をかいていて、それなのに冷えているのか彼の手がとても温かく感じた。

「怖い夢、っていうか、なんだかすごく焦っている夢で……」

まだ心臓がどきどきとしている。胸を押さえて深呼吸をしていると、彼が一度ベッドから降りて椅子にかけてあったバスローブを手に取った。

それを私に羽織らせて、また両手で身体をさすってくれる。

「冷えてるな。なにか飲む？」

「大丈夫」

段々と、彼がそばにいてくれることを実感して、胸の動悸が治まってきた。私の身体をさすりながら、じっと顔を覗き込む彼の表情は眉尻を下げている。大丈夫だと言ったのに、まだ心配してくれているのだ。

過保護だなあ、と思う。だけど、そういうところに救われた時があった。大切にされている感覚が、私を確かに癒してくれたのだ。

「起こしてくれてありがとう」

——来てくれて、ありがとう。

夢の中で私が待っていたのは、間違いなく彼だと思った。

とん、と頭を彼の肩に乗せて上半身を預ける。すると彼は両手でしっかりと抱えてくれて、自分は胡坐をかいてその上に私を座らせた。

「……俺が盛ったから、そのせいでうなされているのかと思った」

そう言った彼の声が本当に弱っていたので、思わず吹き出してしまう。私は彼にもたれかかって、甘えるように頭を擦りつけた。

「うん、最後、覚えてないです。……いつのまに寝たのかなあ」

「……意識が飛んだとこで止めたから」

当たり前だ。それでも続けていたら鬼畜だ。

「ごめん。もうしないから、雅が寝るまでこうしてる」

「今何時ですか？」

「朝の四時過ぎたところ」

そう言うと、彼が私の顎を持ち上げて上向かせ、唇が重なる。浅く舌を一度触れ合わせただけで離れると、今度はその手で私の両目を覆った。

「おやすみ」

「大哉さんは寝ないの？」

「雅が寝たら寝るよ」

いいのかなあ。全身で甘えている感じだけど。

そう思いつつ、包まれるように抱かれていると暖かくて気持ちよくて、抜け出す気にもならない。目を塞がれて微睡《まどろ》んでいると、とりとめもなく今までのことが思い出されたのは、やはり今夜が初夜で特別な夜だからだろうか。

この腕の中にいることが、こんなにも当たり前になるなんて、一年前は思いもしなかった。今思えばあの一カ月余りは急展開の中にいた。

たったひと晩しか関係していなかったのに、子供ができたなんて勘違いして大慌てしたんだった。

その時のことを思い出してくすりと笑うと、目を覆っていた彼の手が少し離れた。

「雅？」

「ごめんなさい、思い出し笑いです」

私が言うと、また「早く寝る」と手で瞼を閉じさせられて、今度はゆっくりと髪を撫でている。これではまるで子供の寝かしつけのようだ。

――子供。赤ちゃん、かあ。

またうとうとと微睡みながら、なんとなく下腹部を意識する。あの時はとても慌てたけれど、今ならなんの憂いもなく喜べるのに。

――いつか、欲しいな。

大哉さんに似た男の子がいい。いや、女の子でもかわいいかも。なんて、今言えばまた眠れなくなりそうだから、口には出さないけれど。

今度は過去ではなく未来に想いを寄せながら、私は彼の腕の中で眠りについた。

END

あとがき

こんにちは。『エリート外科医は最愛妻に独占欲を刻みつける』をお手に取っていただき、ありがとうございます。

外科医、書きました！

でも外科医っぽくないですね。すみません。もうちょっと専門知識を勉強できればよかったのですが、うっかり間違った知識を披露してしまうのも怖くて、どちらかというと人間関係重視で書いてしまいました。

少しばかり病院勤務をしていた時期もあったのですが、医療現場って結構なスピードで進化してますよね。私がいた数年の間でもあれよあれよと変わった部分が多々ありました。多分、今復帰したらもうわけがわからないんだろうな、と思います。それとあのハードな現場でキリキリ頭を働かせるのは、もう無理かな。

ドクターってなんかちょっと変わってる……というのが私のイメージです。勝手な偏見です、ごめんなさい。それが出たのか、大哉はちょっと執着系で怖いですね。

でも私、実は執着系嫌いじゃないです。もっとヤンデレなのも書いてみたいなとずっと前から思っていますが、なかなか勇気が出ないまま今日に至ります。

いつか、挑戦できたらいいな。


最後になりましたが、この場を借りてお礼申し上げます。

今作の出版にあたり、編集の森さま、山内さま。大変お世話になりました。ご迷惑もたくさんかけてしまい、にもかかわらずこうして書籍まで辿りくことができ、感謝の念にたえません。

また、素敵な表紙を描いてくださった北沢きょう先生。心よりお礼申し上げます。大哉を艶香あふれる男性に、雅はよりかわいらしく、より魅力的に仕上げてくださいました。

そして、この作品に携わってくださったすべての方々に、心よりの感謝を込めて。

ありがとうございました。

砂原《すなはら》雑音《のいず》

砂原雑音先生への
ファンレターのあて先

〒104-0031
東京都中央区京橋 1-3-1
八重洲口大栄ビル7F
スターツ出版株式会社　書籍編集部　気付

砂原雑音先生

本書へのご意見をお聞かせください

お買い上げいただき、ありがとうございます。
今後の編集の参考にさせていただきますので、
アンケートにお答えいただければ幸いです。

下記 URL または QR コードから
アンケートページへお入りください。
https://www.berrys-cafe.jp/static/etc/bb

エリート外科医は最愛妻に独占欲を刻みつける

2021年7月10日　初版第1刷発行

著　者　砂原雑音

発行人　菊地修一
デザイン　カバー　ナルティス
フォーマット　hive & co.,ltd.
校　正　株式会社 文字工房燦光
編集協力　山内菜穂子
発行所　スターツ出版株式会社
〒104-0031
東京都中央区京橋1-3-1　八重洲口大栄ビル7F
TEL　出版マーケティンググループ　03-6202-0386
（ご注文等に関するお問い合わせ）
URL　https://starts-pub.jp/
印刷所　大日本印刷株式会社

Printed in Japan

乱丁・落丁などの不良品はお取替えいたします。
上記出版マーケティンググループまでお問い合わせください。
定価はカバーに記載されています。

ISBN 978-4-8137-1118-6　C0193

ベリーズ文庫 2021年8月発売予定

Now Printing

『不協和結婚』　水守恵蓮《みずもりえれん》・著

大病院の院長の娘・那智は恋人にフラれた直後、冷徹な天才ドクターの暁と政略結婚させられる。彼にとっては病院の跡取りの座が目的の愛のない結婚と思いこむも、初夜から熱く求められ戸惑う那智。「お前を捨てた男に縋ってないで俺によがれ」独占欲を剥き出しにした暁の濃密な愛に、那智は陥落寸前で…!?

ISBN978-4-8137-1128-5／予価600円＋税

Now Printing

『幼馴染な御曹司と育み婚』　小春《こはる》りん・著

ホテルで働く牡丹はリゾート会社の御曹司・灯と幼馴染。経営の傾く家業の支援を条件に、彼は強引に結婚を進め、形だけの夫婦生活がスタート。ひょんなことから、灯の嫉妬心が暴走。妻の務めだと抵抗する牡丹を無理やり抱く。すると翌月、妊娠が発覚。愛のない結婚だったはずが、極甘旦那様に豹変して…!?

ISBN978-4-8137-1129-2／予価660円（本体600円＋税10%）

Now Printing

『堅物外科医とゆっくり甘く実る恋』　鈴《すず》ゆり子《こ》・著

恋愛ベタな千菜は、父から突然お見合いをさせられる。相手は大病院の御曹司で敏腕外科医の貴利。しかし千菜は貴利が大の苦手だった。当然、貴利も断るだろうと思いきや「お前が俺のことを嫌いでも、俺はお前と結婚する」と無表情に告げられる。強引に始まった同居生活だが、貴利は思いのほか溺甘で…!?

ISBN978-4-8137-1130-8／予価600円＋税

Now Printing

『離れても好きな人～双子の愛の証が結んだ赤い糸～』　田崎《たさき》くるみ・著

カフェで働いている星奈は優星と結婚を約束していたが、ある理由から彼の元を離れることを決意。イギリスに赴任した優星と連絡を絶つも、その後星奈の妊娠が発覚して…。1人で双子を産み育てていたが、数年越しに優星が目の前に現れて!?　空白の時間を埋めるような、独占欲全開の溺愛に抗えなくて…。

ISBN978-4-8137-1131-5／予価660円（本体600円＋税10%）

タイトル、価格等は変更になることがございますのでご了承ください。

ベリーズ文庫 2021年8月発売予定

Now Printing

『純潔花嫁―その身体、一生分の愛で買います―』　葉月《はづき》りゅう・著

恋を知らない花魁の睡。ある日紡績会社の社長・時雨に突然身請けされ、彼と夫婦になることに。お互いに気持ちはない新婚生活かと思いきや、時雨からは強く抱きしめられ甘く唇を奪われて…!?　「早く帯を解いて、滅茶苦茶に愛したい」――普段は冷静な彼の滾った熱情に、睡も胸の高まりを隠せなくて…。

ISBN978-4-8137-1132-2／予価660円（本体600円＋税10%）

Now Printing

『身代わり従者の淫らな契約～男装即バレで冷徹軍人皇帝の愛の証を身ごもりました～』　友野紅子《とものこうこ》・著

弟の身代わりとして男装し、冷徹軍人皇帝・サイラスの従者となったセリーヌ。しかし、男装が即バレ!?　弱みを握られたセリーヌは、なんとカラダの契約を結ぶように言われてしまう。毎夜濃密にカラダを重ね続け、セリーヌは初めての快楽に身も心も溺れていき…。ついに皇帝の赤ちゃんを身ごもって!?

ISBN978-4-8137-1133-9／予価660円（本体600円＋税10%）

Now Printing

『獣人皇帝の忌み姫～結果、強面パパに愛され過ぎまして～』　朧月《おぼろづき》あき・著

前世の記憶を取り戻した王女ナタリア。実は不貞の子で獣人皇帝である父に忌み嫌われ、死亡フラグが立っているなんて、人生、詰んだ…TT　バッドエンドを回避するため、強面パパに可愛がられようと計画を練ると、想定外の溺愛が待っていて…!?　ちょっと待って、パパ、それは少し過保護すぎませんか…汗

ISBN978-4-8137-1134-6／予価660円（本体600円＋税10%）

タイトル、価格等は変更になることがございますのでご了承ください。

電子書籍限定

恋にはいろんな色がある。

マカロン文庫 大人気発売中！

通勤中やお休み前のちょっとした時間に楽しめる電子書籍レーベル『マカロン文庫』より、毎月続々と新刊発売中！　大好きな人に溺愛されるようなハッピーな恋から、なにげない日常に幸せを感じるほのぼのした恋、届かない想いに胸が苦しくなる切ない恋まで、そのときの気分にピッタリな恋が見つかるはず。

［話題の人気作品］

エリート弁護士から教えられる〝初めて〟に、抗えなくて…!?

『エリート弁護士はウブな彼女に痺れるほどの愛を注ぎ込む』
田崎くるみ・著　定価550円（本体500円＋税10%）

「お前が欲しくてもう限界だ」——御曹司に甘い夜を教えられ…

『独占欲強めな御曹司と甘く滴る極上初夜』
惣領莉沙・著　定価550円（本体500円＋税10%）

エリート社長の情欲滾る求愛にあらがえなくて…

『独占蜜愛～エリート社長はウブな彼女を離したくない～』
高田ちさき・著　定価550円（本体500円＋税10%）

脳外科医が独占欲全開に迫ってきて…!?

『エリート外科医の灼熱求婚～独占本能で愛しい彼女を新妻に射止めたい～』
小春りん・著　定価550円（本体500円＋税10%）

各電子書店で販売中

電子書店パピレス　honto　amazon kindle　BookLive!　Rakuten kobo　どこでも読書

詳しくは、ベリーズカフェをチェック！

小説サイト Berry's Cafe
http://www.berrys-cafe.jp

マカロン文庫編集部のTwitterをフォローしよう
@Macaron_edit 毎月の新刊情報をつぶやきます♪